Viva Twin

TORONTO

DOPPELT GUT REISEN!

RV VERLAG

Inhalt

Toronto live 5 – 12

- Erste Impressionen 6
- Daten & Fakten 9
- Stadtchronik 10
- Lebendige Stadtgeschichte 12

Toronto entdecken 13 – 22

- Tagestouren 14
- Stadtspaziergänge 16
- Streifzüge am Abend 18
- Führungen 19
- Ausflüge ins Umland 20
- Veranstaltungskalender 22

25 Top-Attraktionen 23 – 48

1. Royal Botanical Gardens 24
2. McMichael Collection 25
3. Canada's Wonderland 26
4. Black Creek Pioneer Village 27
5. Ontario Place 28
6. Fort York 29
7. Casa Loma 30
8. Kensington Market 31
9. Bata Shoe Museum 32
10. University of Toronto 33
11. Harbourfront Antiques Market 34
12. Sky Dome Stadium 35
13. CN Tower 36
14. Art Gallery of Ontario 37
15. The Grange 38
16. Royal Ontario Museum 39
17. George R Gardiner Museum of Ceramic Art 40
18. Ontario Parliament Buildings 41
19. Harbourfront 42
20. City Hall 43
21. The Hockey Hall of Fame 44
22. The Toronto Islands 45
23. St Lawrence Market 46
24. Ontario Science Centre 47
25. Metro Zoo 48

Register ... 94–95

Über dieses Buch ... 4

Sehenswürdigkeiten 49 – 60

STADTVIERTEL	50	GRÜNANLAGEN	56
MODERNE GEBÄUDE	52	ATTRAKTIONEN FÜR KINDER	57
HISTORISCHE GEBÄUDE	53	GALERIEN	58
MUSEEN & REFUGIEN	54	KUNST IM FREIEN	59
SPORT: ZUSCHAUER & AKTIVE	55	GRATIS-ATTRAKTIONEN	60

Toronto erleben & genießen 61 – 86

ESSEN & TRINKEN

BELIEBT IN DEN STADTVIERTELN	62
HAUTE CUISINE	63
ESSEN IM FREIEN	64
KANADISCHE KÜCHE	65
STILVOLL SPEISEN	66
KAFFEE, KUCHEN & SNACKS	67
INTERNATIONALE KÜCHE	68

LÄDEN & MÄRKTE

EINKAUFSVIERTEL & KAUFHÄUSER	70
ANTIKES & SAMMLERSTÜCKE	71
KUNSTHANDWERK & SCHMUCK	72
BÜCHER	73
MODE	74
DELIKATESSEN & HAUSHALTSWAREN	75
FUN- & DESIGNERKLEIDUNG	76
PRÄSENTE	77

UNTERHALTUNG & FREIZEIT

MUSIK, TANZ & THEATER	78
COMEDY, DINNER THEATRE & FILM	80

Reiseinformationen 87 – 93

AN- & ABREISE	88	TIPS FÜR TOURISTEN	93
WICHTIGE INFORMATIONEN	89		
ÖFFENTLICHE VERKEHRSMITTEL	91		
MEDIEN & KOMMUNIKATION	92		
NOTFÄLLE	93	BILDNACHWEIS	96

Über dieses Buch

SYMBOLE

- ✚ Kartenverweis auf die beiliegende Faltkarte (siehe auch unten)
- ✉ Adresse
- ☎ Telefonnummer
- ⏱ Öffnungszeiten
- 🍴 Restaurant oder Café im Haus oder in der Nähe
- Ⓜ nächste U-Bahn-Station
- 🚆 nächste Bahnstation
- 🚌 nächste Bus- oder Straßenbahnstation
- ⛴ Fähranlegestelle
- ♿ Zugang für Behinderte
- 🎫 Eintritt
- ↔ andere nahe gelegene Sehenswürdigkeiten
- ❓ wichtige Hinweise
- ➤ Querverweise auf Seiten mit ausführlicher Beschreibung
- ℹ Fremdenverkehrsinformation

Der **Viva Twin Toronto** ist in sechs Kapitel unterteilt, die die wichtigsten Aspekte Ihres Torontobesuchs berücksichtigen:

- Eine Einführung mit Daten, Fakten und Impressionen
- Tagestouren, Spaziergänge und Ausflüge
- Die 25 wichtigsten Attraktionen
- Zahlreiche interessante Sehenswürdigkeiten
- Detaillierte Beschreibungen von Restaurants, Hotels, Läden und Unterhaltungsangeboten
- Praktische Reiseinformationen

Hinweise in den Randspalten stellen wichtige Besonderheiten Torontos vor und enthalten Tips und Informationen.

QUERVERWEISE

Um Ihnen den Besuch so angenehm wie möglich zu machen, gibt Ihnen dieses Zeichen ➤ an, wo Sie Zusatzinformationen über eine Sehenswürdigkeit finden.

KARTEN

- **Die Faltkarte** mit großem Stadtplan beinhaltet auch ein vollständiges Straßenregister. Sämtliche Kartenhinweise in diesem Reiseführer beziehen sich auf die Faltkarte. So hat zum Beispiel der CN Tower an der Front Street West den Eintrag ✚ J9 – dies ist die Nummer des Planquadrats, in dem Sie das Gebäude finden.
- **Karten auf den Umschlaginnenseiten** dienen der Kurzübersicht. Die jeweiligen Nummern der Sehenswürdigkeiten aus dem Kapitel *25 Top-Attraktionen* sind auf diesen Karten (**1 – 25**, dies sind nicht die Seitenzahlen!) plaziert.

PREISE

Wo es angebracht erschien, wurde ein Hinweis auf die Preiskategorie aufgenommen: **$$$**=teuer, **$$** =mittel, **$**=preiswert.

TORONTO
live

Erste Impressionen	6
Daten & Fakten	9
Stadtchronik	10
Lebendige Stadtgeschichte	12

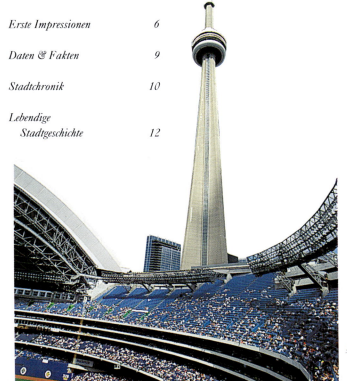

Erste Impressionen

Was um alles in der Welt zieht Sie denn nach Toronto? Was veranlaßt Sie, Hogtown oder das liebe alte Toronto zu besuchen, wo die Bürgersteige um 8 Uhr abends hochgeklappt werden und die Läden sonntags dicht sind? Früher mag diese Skepsis angebracht gewesen sein, heute jedoch nimmt die Stadt einen Spitzenplatz unter den urbanen Zentren der Welt ein. *Fortune Magazine* wählte Toronto 1996 noch vor London, Paris und Singapur zu der Stadt außerhalb der USA, in der es sich am angenehmsten arbeiten und mit der Familie leben läßt.

Was bietet Ihnen also das heutige Toronto? Als lebendige, kosmopolitische Stadt ist sie erfüllt von Unternehmergeist und lebt durch ihre ethnische Vielfalt. Vom Flughafen kommend, beeindruckt zunächst die sich in den Himmel reckende Nadel des CN Towers und die Skyline des Stadtzentrums in seiner Nachbarschaft. Nicht weniger eindrucksvoll sind der an Sonnentagen stahlblaue Lake Ontario und die Parklandschaften am Fuße des Turms. Im Zentrum selbst gibt es eine bunte Vielfalt an historischer und moderner Architektur zu entdecken –

Toronto kulturell

Der Beitrag Torontos zur Kultur läßt sich in Zahlen natürlich nicht ausdrücken; aber sie ist die Geburtsstadt beispielsweise von Glenn Gould oder von Neil Young. Die Stadt gab den Rahmen für die Romane von Margaret Atwood und Robertson Davies ab sowie für die sozialkritisch ambitionierten Filme von Atom Egoyan. Verbunden ist ihr Name auch mit dem Kommunikationswissenschaftler Marshall McLuhan, der hier lehrte.

Die Skyline Torontos wird vom berühmten CN Tower überragt

der Romanik nachempfundene bauliche Meisterleistungen kontrastieren mit modernen Bürohochhäusern und noblen viktorianischen Residenzen. Zu Fuß oder mit öffentlichen Verkehrsmitteln können Sie sich die verschiedensten Wohnviertel erobern, von der verrückten Queeen Street West bis zum wohlhabenden Yorkville, von Chinatown bis Little Italy, vom puertoricanischen Kensington Market bis zur Greektown, von den mondänen Beaches am See bis Rosedale, wo die Gutbetuchten leben.

Der Konservatismus der Anglophilen hat sich überlebt: In Toronto findet man allenthalben Restaurants und offene Innenhöfe, in denen Speisen aus aller Herren Länder serviert werden, das ganze Jahr über gibt es folkloristische und andere Veranstaltungen. Dieses Angebot spiegelt die Bevölkerungsvielfalt wider, die die Stadt in ein wahres Kulturmosaik verwandelt hat, getragen von mehr als 80 verschiedenenen Ethnien mit mehr als 100 Sprachen. Toronto ist für Einwanderer heute ein großer Anziehungspunkt; dies hat zur Folge, daß beinahe die Hälfte der Bevölkerung im Ausland geboren wurde. Die

Der »kanadische Ziegfeld«

Der vom *New Yorker* »kanadischer Ziegfeld« genannte Mitbegründer des Cineplex Odeon, Garth Dabrinsky, verlor seine Gesellschaft zwar an die MCA, doch schwang er sich wieder zu einem der bekanntesten Theateragenten auf. Er produzierte in Toronto *Phantom der Oper, Sunset Boulevard* und den kanadischen Hit *Ragtime*.

Honest Ed

Ed Mirvish gilt als Torontos zweiter großer Impresario und als lebende Legende. Eds Discount-Warenhaus begründete seinen Ruhm und Reichtum. Später kaufte der Theaterliebhaber das Royal Alexandra Theatre für den Spottpreis von 200 000 Dollar und wandelte die umliegenden Lagerhäuser in Restaurants um. Als zur Rettung des Londoner Old Vic 1982 Käufer gesucht wurden, überbot Ed mutig Andrew Lloyd Webber. Später erhielt er für seine Verdienste den Orden des British Empire.

Blick über Toronto vom CN-Tower

erste Welle der Einwanderer kam um die Jahrhundertwende; Chinesen, Griechen, Italiener, Ukrainer und Polen bauten Schienenstränge, arbeiteten in Ontarios Bergwerken und der aufblühenden Industrie. Nach dem Zweiten Weltkrieg und in den drei Jahrzehnten nach 1960 wanderten Menschen aus drei Kontinenten ein – Koreaner, Vietnamesen, Kambodschaner, Inder, Pakistani; Afrikaner aus Ghana, Kenia, Somalia, Äthiopien; Karibikbewohner aus Jamaika, Barbados, Haiti, Guyana und weitere Nationalitäten. Sie alle bereicherten die Stadt mit ihrer Küche, Musik, Religion, Sprache und Lebensweise.

Nach Meinung ortsansässiger Kommentatoren und Politiker, darunter die Autorin und Stadtplanerin Jane Jacobs und der Bürgermeister von North York, Mel Lastman, sind die Attraktivität Torontos und sein Charakter als ideale Wohnstadt jedoch heute gefährdet. Die liberal-konservative Regierung der Provinz Ontario hat durchgreifende Verwaltungsreformen vorgeschlagen: Danach soll Toronto mit 15 Gemeinden zu einer Mega-Stadt zusammengefaßt werden, der größten Kanadas, größer als alle US-Städte mit Ausnahme von New York, Los Angeles und Chicago. Dies wäre nach Ansicht vieler eine Demontage des städtischen Gemeinwesens.

Trotz schnellen Wachstums und aller Veränderungen hat die Stadt es bis heute verstanden, sich ihre Atmosphäre und Ehrfurcht vor alten Traditionen zu bewahren. Obwohl das Bevölkerungsgemisch manchmal auch für Spannungen sorgt, zeichnet die Stadt immer noch ein Gemeinsinn aus, der an den sauberen und sicheren Straßen und den öffentlichen Einrichtungen abzulesen ist. Denkweise und Zielsetzungen der Gründerväter Kanadas – Frieden, Ordnung und eine gute Regierung – gelten hier immer noch etwas, die Stadt verkörpert einen angenehmen Kompromiß zwischen der ungenierten Freiheit der Amerikaner und dem Konservatismus der Briten.

Daten & Fakten

EINWOHNER
- Einwohner in der City: 750 000
- Einwohner der Metropolitan Area: 3,5 Millionen
- Einwohner von Groß-Toronto: 4,26 Millionen
- Bevölkerungswachstum: 1851 – 30 000; 1891 – 181 000; 1911 – 376 538
- Ausländer: 41 Prozent
- 62 Prozent der Einwohner sind jünger als 44
- 42 Prozent der Einwohner sind Singles
- Täglich 1,4 Millionen Park-&-Ride-Fahrer
- 7 Prozent Fahrradpendler
- 13 Prozent regelmäßige Kirchgänger
- 44 Prozent Haustierbesitzer

GEOGRAPHIE
- Fläche der Metropolitan Area: 632 km^2
- Straßen: 853 km
- Radwege: 80 km
- U-Bahn-Netz: 58,5 km
- Liniennetz der öffentlichen Verkehrsmittel: 3128 km
- Tage pro Jahr unter 0°C: 147
- Tage pro Jahr mit 32°C und darüber: 4
- Breitengrad: 44° Nord, wie Florenz oder Sapporo
- Entfernung von New York: 796 km

FREIZEIT & TOURISMUS
- Besucher (1995): 21,6 Millionen
- Hotelzimmer: 32 030 (1995)
- Restaurants: über 4000
- Internationale Restaurants: circa 2000
- Theaterspielorte: 70
- Uferstreifen: 16 km
- Parks: 3957 ha

TORONTO LIVE

STADTCHRONIK

1720	Französischer Handelsposten.
1751	Fort Rouillé erbaut.
1763	Vertrag von Paris: Kanada geht an England.
1787	England kauft den Mississauga-Indianern das Land ab, auf dem später Toronto entsteht.
1793	John Graves Simcoe, Gouverneur von Upper Canada, nennt die Siedlung York.
1813	Die Vereinigten Staaten besetzen York im April vorübergehend.
1834	Stadtname Toronto. William Lyon Mackenzie wird Bürgermeister.
1837	Rebellion gegen die Family Compact (eine einflußreiche Gruppierung) durch Alt-Bürgermeister Mackenzie.
1844	Die erste City Hall entsteht; George Brown gründet *The Globe*.
1845	Universitätsgründung mit dem Bau des King's College.
1851	Bau der St Lawrence Hall.
1852	Eröffnung der Börse.
1858	Durch Orkane entstehen die Toronto Islands.
1867	Kanadische Konföderation. Toronto wird Hauptstadt der Provinz Ontario.
1869	Eröffnung des Kaufhauses Eaton.
1884	Toronto erhält elektrische Straßenbeleuchtung.
1886	Parlamentsgebäude der Provinz-Regierung erbaut.
1893	Der erste Stanley Cup (Eishockey) wird ausgetragen.
1896	*MacLean's Magazine* erscheint.

1906	Toronto Symphony Orchestra gegründet.
1907	Royal Alexandra Theatre eröffnet.
1912	Royal Ontario Museum gegründet.
1914–18	70 000 Torontoer Soldaten im Ersten Weltkrieg, 13 000 Gefallene.
1920	Erste Ausstellung der Group of Seven.
1923	Chinese Exclusion Act.
30er Jahre	Depression.
1931	Die Maple Leaf Gardens entstehen.
1947	Zulassung von Cocktail-Lounges.
1950	Sportveranstaltungen am Sonntag genehmigt.
1953	Zusammenschluß mit mehreren Vorstädten zum Metropolitan Toronto.
1965	Neue City Hall erbaut.
1971	Ontario Place eingerichtet.
1972	Uferbefestigungen am Hafen im Bau.
1975	CN Tower wird fertiggestellt.
1989	Sky Dome Stadium wird eröffnet.
1992	Bewohner der Toronto Islands setzen Wohnrecht auf den Inseln durch.
1993	Princess of Wales Theatre und CBC-Building eingeweiht.
1995	Liberal-konservative Regierung gewählt. Haushaltskürzungen.
1996	Toronto zur besten Arbeits- und Wohnstadt außerhalb der USA gekürt *(Fortune)*. Die Blue Jays siegen bei den World Series (Baseball).

LEBENDIGE STADTGESCHICHTE

Historische Straßennamen

Torontos Straßenbezeichnungen halten die Erinnerung an viele Persönlichkeiten wach. Die Jarvis Street etwa ist nach William Jarvis benannt, einem Loyalisten aus Neu-Egland und späterem Minister; die Beverly Street erinnert an John Beverley, der als 22jähriger Staatsanwalt und später Oberrichter in Upper Canada war.

Lawren Harris, Decorative Landscape (Detail)

WILLIAM LYON MACKENZIE UND DIE REBELLION IM JAHR 1837

Der populäre erste Bürgermeister Torontos, William Lyon Mackenzie, machte sich für die Interessen der Immigranten an politischen Reformen stark und kämpfte gegen die Family Compact – eine kleine einflußreiche Gruppe, die Wirtschaft und Politik beherrschte. 1837 kam es zur Rebellion: Am 2. Dezember versammelte sich ein bunter Rebellenhaufen an der Montgomery's Tavern (nahe Eglinton Avenue). Mackenzie auf einer weißen Stute führte den Zug gegen die Stadt an. Die mobilisierte Miliz trieb die Rebellen an der Carlton Street auseinander, Mackenzie floh in die USA, zwei andere Anführer wurden gehenkt.

DIE GROUP OF SEVEN

Als die Stadt zu Beginn des 20. Jahrhunderts wuchs und reicher wurde, zog sie auch Künstler an, darunter die Maler J. H. MacDonald, Arthur Lismer, Frank Johnston, Franklin Carmichael, Lawren Harris, Frederick Varley und A. Y. Jackson. Die Group of Seven, wie sie sich nannten, stellten ihre Werke 1920 erstmals gemeinsam aus. Sie hatten sich die kanadische Landschaft als Sujet erkoren, aus ihren Bildern sprach Nationalbewußtsein. Ihre Hauptmotive waren die Wälder, Flüsse und Berge der kanadischen Wildnis.

ÜBERLEBENDE DER INSELN

Etwa 600 Künstler, Lehrer und Alt-Aktivisten leben auf den idyllischen Algonquin und Ward's Islands in einfachen Häusern unter Verzicht auf viele Annehmlichkeiten und Autos. Ihr Wohnrecht verdanken sie einem mutigen Kampf. 1956 sollten nach Regierungsbeschluß die Bewohner ausgesiedelt und die Inseln in Parks umgewandelt werden. 600 Häuser waren schon abgerissen, doch als sich die Bulldozer der letzten Enklave näherten, wurden sie durch eine Menschenkette gestoppt. Erst 1992 wurde nach erbittertem juristischem Kampf entschieden, daß die Bewohner ihren Besitz auf 99 Jahre in Erbpacht sichern durften.

TORONTO
entdecken

TAGESTOUREN

Westliche Downtown	*14*
Don Valley	*14*
Midtown	*15*
Nördliche Außenbezirke	*15*

STADTSPAZIERGÄNGE

Downtown Highlights	*16*
Midtown Hits	*17*

STREIFZÜGE AM ABEND

Queen Street West	*18*
Little Italy	*18*
The Danforth (Greektown)	*18*

FÜHRUNGEN *19*

AUSFLÜGE INS UMLAND *20*

**VERANSTALTUNGS-
KALENDER** *22*

TORONTO ENTDECKEN

TAGESTOUREN

Es ist unmöglich, in zwei oder drei Tagen ganz Toronto zu besichtigen, auch deshalb, da sieben der Top-Attraktionen außerhalb des City-Kerns liegen. Treffen Sie Ihre eigene Wahl, und konzentrieren sich darauf. Die folgenden Anregungen sollen Ihnen bei dieser Wahl helfen.

1. TAGESTOUR	WESTLICHE DOWNTOWN
VORMITTAGS	Starten Sie früh mit dem Trolley-Bus zum historischen Fort York (► 29), wo im Sommer militärgeschichtliche Vorführungen stattfinden. Planen Sie von hier die Besichtigung des Sky Dome Stadium (► 35), dann des CN Towers nebenan (► 36) ein.
MITTAGS	In einem der vielen Restaurants von King Street oder John Street.
NACHMITTAGS	Vergessen Sie die eindrucksvolle Old City Hall nicht, besuchen Sie dann die Art Gallery of Ontario (► 37), und passieren Sie die New City Hall mit ihrer zur Pause einladenden Plaza (► 43) Richtung The Grange (► 38).
ABENDS	Im Westen der Dundas Street liegt Chinatown, die sich zum Abendessen empfiehlt. Lebhafter geht es in der Queen Street mit ihren Bistros und Klubs zu.
2. TAGESTOUR	DON VALLEY
VORMITTAGS	Reservieren Sie den Morgen für das Ontario Science Centre (► 47), und kommen Sie sehr früh, um die interaktiven Exponate ungehindert nutzen zu können.
MITTAGS	Im Science Centre oder an der U-Bahn-Station Zoo (► 48).
NACHMITTAGS	Gehen Sie auf den markierten Wegen zu den ausländischen Pavillons.
ABENDS	In der Danforth Avenue oder Greektown gibt es Griechisches: für Dinner und Abend.

TORONTO ENTDECKEN

3. TAGESTOUR	**MIDTOWN**
VORMITTAGS	Streifen Sie durch das Gelände der University of Toronto (➤ 33) mit seiner bunten Architektur. Besuchen Sie das unkonventionelle Bata Shoe Museum (➤ 32); nebenan liegt das Royal Ontario Museum (➤ 39); versäumen Sie nicht die Porzellan- und Keramiksammlung im George R. Gardiner Museum of Ceramic Art (➤ 40) gegenüber.
MITTAGS	Im ROM (Jamie Kennedy, einer der Top-Köche Torontos arbeitet hier; preiswerter ist es jedoch in der Cafeteria). Sie können auch unter Yorkvilles vielen Bistros, Cafés und Restaurants wählen.
NACHMITTAGS	Gehen Sie nach Yorkville ins schicke Geschäfts- und Kolonnaden-Viertel Torontos. Hazelton Lanes nicht vergessen! Gehen oder fahren Sie zur Casa Loma (➤ 30), der Residenz des Industrieunternehmers Sir Henry Pellart.
ABENDS	In Yorkville bietet sich eines der vielen Cafés oder eine Bars für einen Drink im Freien vor dem Abendessen an.
4. TAGESTOUR	**NÖRDLICHE AUSSENBEZIRKE**
VORMITTAGS	Diese Tour ist nicht ohne Auto zu bewältigen. Starten Sie früh zur Black Creek Pioneer Village (➤ 27), die sie ins 19. Jahrhundert zurückversetzt. In der Nähe liegt Canada's Wonderland (➤ 26).
MITTAGS	In Canada's Wonderland oder im Doctor's House in Kleinburg.
NACHMITTAGS	Besuchen Sie die McMichael Collection of Canadian Art (➤ 25), bevor Sie über die Autobahn nach Downtown zurückkehren.
ABENDS	Gönnen Sie sich nach Rückkehr in die Stadt einen Bummel entlang der Harbourfront (➤ 42), oder gehen Sie zum Ontario Place (➤ 28).

TORONTO ENTDECKEN

STADTSPAZIERGÄNGE

Das Gooderham Building

DOWNTOWN HIGHLIGHTS

Gehen Sie vom CN Tower die Front Street westwärts zu den Foyer-Studios und zum Museum des CBC Building, dann durch die Front Street zurück und nach rechts durch die John Street zur King Street. Im Metro Building gibt es Informationen und eine öffentliche Kunstausstellung. Im Princess of Wales Theatre gegenüber sind die Wandgemälde Frank Stellas zu sehen. Sie passieren die exklusiven Restaurants von Ed Mirvish und kommen zu seinem Royal Alexandra Theatre (➤ 8). Versäumen Sie an der Südseite der Straße auf Höhe der Simcoe Street nicht die wie eine fliegende Untertasse aussehende Roy Thomson Hall. Weiter geht es über York Street zum Exchange Tower (Galerie der Canadian Sculpture Society und Börse). Ecke King und Bay Street erhebt sich das Toronto Dominion Centre von Mies van der Rohe. Ganz anders sieht die Halle der Canadian Imperial Bank of Commerce aus. Zurück zur Bay Street, dann nach links über die Royal Bank Plaza zum Eingang des BCE Building (Hockey Hall of Fame). Nach Osten über die Front Street kommen Sie zum St Lawrence Centre for the Arts und den historischen Lagerhausfassaden gegenüber. Beachten Sie das berühmte »Bügeleisen« oder Gooderham Building. Über die Church Street gehen Sie immer geradeaus zum St Lawrence Market. Wieder zurück und nach rechts in die King Street kommen Sie zur St James Cathedral. Von dort geht es westwärts, bis Sie an der Bay Street zur Old City Hall abbiegen, dann links in die Queen Street zur New City Hall mit dem Platz davor. Die Queen West führt dann an Osgoode Hall und Campbell House vorbei.

HIGHLIGHTS

- CN Tower ➤ 31
- CBC Building ➤ 60
- Metro Building ➤ 59
- Princess of Wales Theatre ➤ 59
- Queen Street ➤ 51, 70

INFOS

Länge: 1,9 km
Dauer: 1,5 Std.
Start: CN Tower
✚ J9
🚇 Union Station
Ziel: Queen Street West bei Spadina Avenue
✚ H8
🚋 Straßenbahn Queen St West

TORONTO ENTDECKEN

MIDTOWN HITS

Wenden Sie sich von den Ontario Provincial Parliament Buildings nach Süden zur College Street und biegen nach rechts ab. An der King's College Road wieder rechts, um den ersten Campus der University of Toronto zu durchqueren. Über King's College Circle kommen Sie zur Tower Road, unterwegs passieren Sie links das University College gegenüber dem Stewart Observatory. Richtung Norden kommen Sie zum Hart House und Soldier's Memorial Tower. Jetzt rechts in die Hoskin Avenue zum Trinity College abbiegen und ostwärts zum Queen's Park. Die Avenue Road zweigt links ab, folgen Sie ihr nach Norden am Royal Ontario Museum und dem Gardiner Museum vorbei. Rechts beginnt die Bloor Street, die »Fifth Avenue« von Toronto; über die Yonge Street (links) kommen Sie zur Cumberland Street, die westwärts ins Zentrum von Yorkville führt, die Shopping-Meile der Stadt. Nun die Old York Lane zur Yorkville Avenue hinunter und über die Hazelton Lane zum Hazelton Lanes Complex, in dem bekannte Designer-Firmen vertreten sind. Gehen Sie in dieselbe Richtung zurück und bummeln durch einige Galerien an der Hazelton Avenue. Wieder zurück zur Yorkville Avenue, dann nach links die Bay Street überqueren. Beachten Sie links die alte Firehall 10 und die Yorkville Public Library. Weiter geht's zur Yonge Street, dann rechts über die Straße zur Metro Library und U-Bahn Ecke Bloor und Yonge Street.

HIGHLIGHTS

- Ontario Parliament Buildings ➤ 41
- University College ➤ 33
- Stewart Observatory
- Hart House ➤ 33
- Soldier's Memorial Tower
- Royal Ontario Museum ➤ 39
- George R Gardiner Museum ➤ 40
- Bloor Street
- Yorkville ➤ 51, 70
- Hazelton Lanes ➤ 70
- Firehall 10
- Metro Library ➤ 52

INFOS

Länge: 2,9 km
Dauer: 2 Std.
Start: Ontario Parliament Buildings
🚌 J7
Ⓢ Queen's Park
Ziel: Bloor, Yonge Street
🚌 K6
Ⓢ Bloor, Yonge

Die Downtown-Skyline Torontos

STREIFZÜGE AM ABEND

QUEEN STREET WEST

In der Queen Street West ist zu jeder Tageszeit was los, doch abends, wenn die Jugend sich am Rivoli oder Bamboo einfindet, wird die Atmosphäre nochmals zusätzlich lebhafter. Beginnen Sie ihren Gang im Westen der Simcoe Street, und flanieren Sie an beiden Straßenseiten. Die Auslagen sind anregend, einige Geschäfte haben bis spät nachts geöffnet. Es gibt Buchhandlungen und Antiquariate, Modegeschäfte für Nostalgie- und In-Kleidung, Galerien für Kunsthandwerk und Trödler, das Queen's Trade Centre etwa, Simcoe Street 635. Testen Sie Citytv's Speaker's Corner an der Ecke John Street, wo man jeden Ärger über die Stadt loswerden kann. Zu den populären Restaurants, Bars und Cafés, an denen man vorbeigeht, gehören Le Select, Rivoli, Bishop & Belcher und Gypsy Coop. Letzteres mit der Nummer 815 liegt etwas abseits.

LITTLE ITALY

Für eine *passagiata* sind Sie im Sommer in Little Italy an der College Street zwischen Euclid Avenue und Shaw Street (➤ 51) richtig. Am frühen und späten Abend strömen die Menschen hier in die Cafés, Bars und Restaurants. Zahllose Angebote stehen zur Auswahl: die Bar Italia mit ihrer komfortablen Pool-Billard-Halle im ersten Stock etwa, das altertümliche Café Diplomatico, Sicilian Ice Cream mit dem besten Eis der Stadt. Oder Sie lassen sich in einem der moderneren Lokale nieder, im Souz Dal zum Beispiel.

THE DANFORTH (GREEKTOWN)

In der schmalen Zone im Osten, dem Griechenviertel, spielt sich im Augenblick das angesagteste Nachtleben ab. Beim Straßenbummel treffen Sie auf Cafés und Bäckereien, griechische Spezialitätenläden und zahllose Tavernen (➤ 51).

INFOS

Entfernung: 2,2 km
Dauer: 1¼ Std.
Start: Queen St West, Simcoe St
✚ J8
Ⓢ Osgoode
Ziel: Queen St West an der Niagara St
✚ G8
Ⓢ Straßenbahn Queen St West

INFOS

Entfernung: 0,9 km
Dauer: 30 Min.–1 Std.
Start: College St, Euclid Ave
✚ G7
Ⓢ Straßenbahn College St
Ziel: College St, Shaw st
✚ F7
Ⓢ Straßenbahn College St

INFOS

Entfernung 0,8 km
Dauer: 30 Min.
Start: Bowden St
✚ M6
Ⓢ Chester
Ziel: Pape Ave
✚ N6
Ⓢ Pape

TORONTO ENTDECKEN

FÜHRUNGEN

DIE BESONDERE TOUR
Einen guten Überblick erhält man auf einer Rundfahrt in einem der Doppeldeck-Busse der Olde Town Toronto Tours Ltd (☎ 416/368-6877) oder, nur im Sommer, auf einer Fahrt mit dem Linienbus der Grayline Tours (☎ 416/594-3310). Eine andere Perspektive bietet sich bei einem siebenminütigen Helikopter-Rundflug, der von National Helicopters (☎ 905/893-2727) ab Insel-Flughafen angeboten wird.

GEFÜHRTE RUNDGÄNGE
Die anregendsten Rundgänge (auch Radtouren) bietet Ihnen Shirley Lum von der Agentur Taste of the World (☎ 416/463-9233), mit der Sie auch Geschäfte, Tempel, kleine Fabriken und Restaurants besuchen. Mehrere Viertel liegen auf dem Weg – Chinatown, Kensington und St Lawrence Market, Yorkville und Rosedale. Im Sommer veranstaltet Toronto Historical Board (☎ 416/463-9233 oder 392-6827) ebenfalls Rundgänge.

Hazelton Avenue, Yorkville

HAFENRUNDFAHRTEN
Den schönsten Blick auf die Skyline hat man vom Hafen; das interessanteste Schiff für Rundfahrten ist der Dreimastschoner *The Challenge* im Besitz der Great Lakes Schooner Company (☎ 416/869-1372), es werden ein- und zweistündige Fahrten angeboten. Mit Toronto Tours (☎ 416/869-1372) kann man auch Hafen- und Inselrundfahrten von Queen's Quay West aus machen.

KULTURSTREIFZÜGE
Theaterfans buchen die Touren ins Elgin und Wintergarden Theatre. Möchten Sie einen Einblick in die Anlagen der Canadian Broadcasting Company und die Einrichtungen für einige Unterhaltungsshows besichtigen, schließen Sie sich der CBC-Tour an; mit CHUM/citytv erleben Sie die Medien einmal ganz anders.

Blick zum CN Tower vom Hafen

TORONTO ENTDECKEN

AUSFLÜGE INS UMLAND

INFOS

Stratford
Entfernung: 150 km
Fahrtzeit: 1½ Std.
- Public Transit Greyhound (☎ 416/367-8747) nach Kitchener, dann Cha-Co Trails (☎ 519/681-2861) bis Stratford
- VIA Rail (☎ 416/366-8411) bis Stratford
- westlich vom Zentrum

Fremdenverkehrsamt
- Information Centre Tourism Stratford, 88 Wellington St, Stratford, ON N5A 6W1
- ☎ 519/271-5140

Niagarafälle
Entfernung: 130 km
Fahrtzeit: 1½ Std.
- Public Transit Greyhound (☎ 416/367-8747)
- südlich vom Zentrum

Fremdenverkehrsamt
- Information Center Niagara Falls Canada Visitor and Convention Bureau, 5433 Victoria Ave, Niagara Falls, ON L2G 3L1
- ☎ 905/356-6061
- The Niagara Parks Commission, Box 150, 7400 Portage Rd. South Niagara Falls, ON L2E 6T2
- ☎ 905/356-2241

STRATFORD

Schwäne auf dem Avon und Shakespeare auf den Brettern dreier Theater – das bietet das Stratford Theatre Festival. Die Anfänge waren bescheiden: 1953 spielte Sir Alec Guinness Richard III. in einem Großzelt, seitdem sind viele Stars hier aufgetreten, Dame Maggie Smith, Sir Peter Ustinov, Alan Bates, Christopher Plummer, Julie Harris and William Hurt. Spielzeit ist von Mitte Mai bis Mitte November. Neben den Aufführungen werden für die Besucher Diskussionen mit Schauspielern und Regisseuren angeboten, Besichtigungen von Hinterbühnen und Magazinen. Das attraktive viktorianische Stratford besitzt schöne Geschäfte, einen am Fluß gelegenen Park und einige exzellente Restaurants. Besuchen Sie das nahe Shakespeare mit seinen Antiquitätenläden, St Mary's wegen seiner viktorianischen Architektur und das »Oktoberfest« sowie den Sonntagsmarkt der Mennoniten in Kitchener-Waterloo.

NIAGARAFÄLLE

Das weltberühmte Naturwunder gehört zum Programm der meisten Touristen. Die Fälle auf der kanadischen Seite sind spektakulärer als die auf US-Seite. Der 56 Kilometer lange Niagara Parkway verläuft von Chippawa nach Niagara-on-the-Lake durch Plantagen, Buschgelände, vorbei an Weinhandlungen, Parks, Gärten und Picknick-Plätzen – eine Freude für Radfahrer und Wanderer. Die nahe Umgebung, besonders Clifton Hill, ist unschön kommerzialisiert, doch der Anblick der majestätischen Fälle entschädigt zu jeder Jahreszeit, selbst im Winter. Nicht versäumen sollten Sie: eine Bootstour mit der *Maid of the Mists*, eine Fahrt mit der Spanish Aero Car, einen Besuch im Botanischen Garten, im Niagara Parks Butterfly

Weltberühmt – die Niagarafälle

Die Niagarafälle: Ein großartiges Naturschauspiel

Conservatory, in den Weinhandlungen Inniskillin und Reif, im Fort Erie, und, wenn Glücksspiel Ihre Sache ist, im neu eröffneten Kasino mit 3000 Automaten und über 100 Spieltischen.

NIAGARA-ON-THE-LAKE

Niagara-on-the-Lake gehört zu den am besten erhaltenen und schönsten Orten des 19. Jahrhunderts in Nordamerika. Hier findet alljährlich im Sommer von Mitte April bis Ende Oktober das Shaw Festival statt, den Theaterstücken George Bernard Shaws und seinen Zeitgenossen gewidmet. Weitere Attraktionen sind die Gesprächsrunden vor oder nach den Aufführungen. Zur Abwechslung können Sie die Queen Street entlangbummeln, die Weinhandlungen in der Nähe und Fort George besuchen oder im Sommer mit einem Jetboot den Fluß entlang bis in die Nähe des Canyons fahren. Auch ein Besuch des Welland-Kanals und des Städtchens Jordan in der Nähe bietet sich an.

INFOS

Niagara-on-the-Lake
Entfernung: 28 km
Fahrtdauer: 1½ Std.

- Public Transit Greyhound (☏ 416/367-8747) bis St Catharine's, dann Charterways (☏ 905/688-9600)
- VIA Rail (☏ 416/366-8411) bis St Catharine's oder Niagara Falls
- südlich vom Zentrum

Fremdenverkehrsbüro

- Information Center Niagara-on-the-Lake Chamber of Commerce, 153 King St (PO Box 1043), Niagara-on-the-Lake, ON L0S 1J0
- ☏ 905/468-4263

Niagara-on-the-Lake

TORONTO ENTDECKEN

VERANSTALTUNGSKALENDER

JANUAR	Internationale Bootausstellung
FEBRUAR	Karneval in North York, Mel Lastman Square
MÄRZ	Canadian Music Festival, wechselnde Veranstaltungsorte; Parade am St Patrick's Day
APRIL	Beginn Baseball-Saison (bis Okt.), Sky Dome
MAI	Milk International Children's Festival (▶ 57), Harbourfront (☎ 416/973-3000)
JUNI	Toronto International Dragon Boat Race Festival, Centre Island Benson & Hedges Symphony of Fire Fireworks Festival, Ontario Place Du Maurier Downtown Jazz Festival (☎ 416/363-8717) Theater-Festival in Torontos Außenbezirken (☎ 416/534-5919)
JULI	Kanadischer Nationalfeiertag (1. Juli) Molson Indy Car Race, Exhibition Place (☎ 416/872-4639) Caribana-Karneval (☎ 416/465-4884)
AUGUST	Nationalausstellung Kanadas und Internationale Luftfahrtausstellung Kanadas, Exhibition Place (☎ 416/393-6000) Du Maurier Open, Tennismeisterschaften, National Tennis Centre
SEPTEMBER	Bell Canadian Open, Glen Abbey Golf Club, Oakville (☎ 905/844-1800) Toronto International Film Festival (☎ 416/967-7371)
OKTOBER	Toronto Maple Leafs eröffnen die Eishockey-Saison, Maple Leaf Gardens (▶ 55)
NOVEMBER	Royal Agricultural Winter Fair und Royal Horse Show, Exhibition Place (☎ 416/393-6400)
DEZEMBER	Light-Show vor der City Hall Silvester an der City Hall, Nathan Phillips Square

TORONTO
25 Top-Attraktionen

1 Royal Botanical Gardens	24	**18** Ontario Parliament Buildings	41
2 McMichael Collection	25	**19** Harbourfront	42
3 Canada's Wonderland	26	**20** City Hall	43
4 Black Creek Pioneer Village	27	**21** The Hockey Hall of Fame	44
5 Ontario Place	28	**22** The Toronto Islands	45
6 Fort York	29	**23** St Lawrence Market	46
7 Casa Loma	30	**24** Ontario Science Centre	47
8 Kensington Market	31	**25** Metro Zoo	48
9 Bata Shoe Museum	32		
10 University of Toronto	33		
11 Harbourfront Antiques Market	34		
12 Sky Dome Stadium	35		
13 CN Tower	36		
14 Art Gallery of Ontario	37		
15 The Grange	38		
16 Royal Ontario Museum	39		
17 George R Gardiner Museum of Ceramic Art	40		

25 TOP-ATTRAKTIONEN

ROYAL BOTANICAL GARDENS

HIGHLIGHTS

- Flieder, Magnolien und Rhododendren im Arboretum
- Sonderveranstaltungen
- Bartiris und Päonien im Laking Garden
- Frühjahrsblüher im Rock Garden
- Rosengarten
- Ganzjähriger mediterraner Garten im Conservatory
- Heckensammlung
- 50 km Wege
- Feuchtgebiete

INFOS

- südwestlich vom Zentrum
- 680 Plains Road West, Burlington
- 905/527-1158
- Außenanlagen tägl. 9.30–18 Uhr; Mediterraner Garten tägl. 9–17 Uhr. Weihnachten geschl.
- Café (SS)
  905/529 2920
- Auf dem Queen Elizabeth Way zum Hwy 6 North zum Royal Botanical Gardens Centre
- ja
- teuer, im Winter preiswert
- Feste ganzjährig Flieder-, Kirschblüten-, Rosen-, Iris-, Kräuter-Fest ...

Welche Hecke soll man anpflanzen? Informieren Sie sich im 1090 Hektar großen Botanischen Garten. Hier finden Sie 120 Heckenarten, zudem 40 000 andere Pflanzen. Herrlich sind auch die vielen Biotope, erschlossen durch 50 Kilometer Wege.

Farben und Düfte: Das Mediterrane Gewächshaus im RGB Centre entfaltet seine größte Pracht zwischen Januar und Mai, wenn Bougainvilleen, Jasmin, Mimosen, Orangen- und Zitronenbäume sowie die Frühjahrsblumen blühen. Die Einjährigen im Hendrie Park blühen zusammen mit 3000 Rosen zwischen Juni und Oktober. An Sondershows bietet der Park einen Schattengarten und Areale für Duft- und Medizinpflanzen. Im Laking Garden stehen die Stauden, über 500 Irisarten sowie Busch- und Baumpäonien (Blüte im Juni). Der Felsgarten mit seinen Teichen und Wasserfällen überrascht im Frühjahr, wenn seine 125 000 Zwiebelblüher sich öffnen, gefolgt von der Kirschblüte. Im Juni können Sie das Farbschauspiel der Azaleenblüte erleben, besonders schön von der Restaurant-Terrasse des Tea House.

Bäume und Wildnis: Das Arboretum – eines der größten der Welt – beherbergt in seinem Fliedertal allein 800 Fliederarten, dazu Magnolien, Hartriegel und Rhododendren. Die genannten Hecken wachsen hier, es gibt ein Who's who der Buscharten, einen Garten mit Wildpflanzen und unzählige in Ontario beheimatete Büsche und Bäume. Im Lehrgarten können Sie sich informieren, wie sich ein Kleingarten vielfältig gestalten läßt, Düfte von Kräutern und eßbare Zierpflanzen kennenlernen. Im Wildnisareal wechseln sich Felsklippen mit Schluchten und Feuchtgebieten ab, wo das Rotwild äst, Füchse und Kojoten jagen und Reiher fischen. Zu den Schutzgebieten gehören Hendrie Valley und Rock Chapel.

25 TOP-ATTRAKTIONEN

2

MCMICHAEL COLLECTION

Sie nahmen ihre Staffeleien mit in den Norden und malten vor Ort. Die Maler der Group of Seven entdeckten die nördliche Wildnis für die Kanadier. Heute sind ihre ausdrucksstarken Werke in der ihnen angemessenen Parkatmosphäre ausgestellt.

Künstlergalerie: Die Werke jedes Künstlers hängen beieinander, so daß der Betrachter die künstlerische Entwicklung verfolgen kann. Alle berühmten Werke finden sich hier: A. Y. Jacksons leuchtende Ölbilder vom Lake Superior, der Algonquin Park aus Sicht von Tom Thomson, Bauerndörfer, dargestellt von A. J. Casson, der Killarney-Park von Franklin Carmichael, die imposanten Eisberge, mit dem Pinsel festgehalten von Lawren Harris, Darstellungen British Columbias von F. H. Varley und der Kultur der Indianer des Nordwestens von der einzigen Malerin der Gruppe, Emily Carr. Auch Werke weniger bekannter Künstler, die im gleichen Stil malten, sind zu sehen – J. W. Beatty, Charles Comfort, George Pepper, Kathleen Daly, Lilias Torrence Newton und Thoreau MacDonald. In einem Raum sind Gemälde ausgestellt, die die Künstler der Group of Seven bei ihrer Arbeit im Freien zeigen. Das ansprechendste stellt Franklin Carmichael dar, während er im Jahr 1935 an seinem Gemälde *Grace Lake* arbeitet. Der Betrachter des Bilds blickt ihm über die Schulter auf seine Staffelei.

Kunst der Ureinwohner und Inuit: Weitere Räume sind der Kunst der Ureinwohner gewidmet; außerdem werden Werke der kreativen Künstler Norval Morisseau, Daphne Odjig, Alex Janvier, Bill Reid sowie jüngerer Maler gezeigt. Einige schöne Inuit-Skulpturen und andere Exponate vervollständigen die Sammlung.

HIGHLIGHTS

- Emily Carr: *Corner of Kitwancool Village*
- Lawren Harris: *Mt Lefroy*
- J. E. H. MacDonald: *Leaves in the Brook*
- A. Y. Jackson: *The Red Maple*
- Tom Thomson: *Ragged Pine*
- Arthur Lismer: *Bright Land*
- F. H. Varley: *Night Ferry*
- Kunst der Ureinwohner
- Inuit-Skulpturen

INFOS

- nordwestlich vom Zentrum
- Islington Ave, Kleinburg
- 905/893-1121
- April–Okt. tägl. 10–17 Uhr; Nov.–März Di–So 10–16 Uhr. Geschl. 25. Dez., 1. Jan.
- Restaurant (SS), Cafeteria (S)
- ja
- teuer
- Wochenend-Führungen (13 Uhr); Sonderveranstaltungen
- Canada's Wonderland ➤ 26

Oben: A. Y. Jackson, Detail des Gemäldes Red Maple *(1914)*

25 TOP-ATTRAKTIONEN

3

Canada's Wonderland

INFOS

- nordwestlich vom Zentrum
- 9580 Jane St, Vaughan. Auf Hwy 400 bis Rutherford Rd
- 905/832-7000
- Mai bis Anfang Sept. tägl.; Mai 10–18 Uhr, Anfang Juni 10–20 Uhr; Mitte Juni bis Anfang Sept. 10–22 Uhr; Sept.–Okt. 10–20 Uhr; im Oktober nur die ersten beiden Wochenenden; Winter geschl.
- viele (SSS–S)
- Yorkdale oder York Mills, dann mit dem GO-Bus
- ja
- Sehr teuer. Zahlen mit Einheitspreisausweis. Extrakosten für Go-Karts, Theater, Minigolf und Xtreme Skyflyer
- Sonderveranstaltungen von Feuerwerk bis Video-Tanz
- Black Creek Pioneer Village ► 27
  McMichael Collection ► 25

Achterbahnfans fahren hier in den siebten Himmel; es gibt neun Anlagen, bei denen jeder auf seine Kosten kommt. Der Park bietet über 40 Fahrgeschäfte und 160 Attraktionen – genug, um die Einheimischen immer wieder anzulocken.

Flauer Magen: Die jüngste Errungenschaft des Parks ist eine Drop Zone für Tollkühne, die 70 Meter in die Höhe befördert und dann fallen gelassen werden – in offenem Cockpit und im freien Fall mit 100 Stundenkilometern. Eine andere Mutprobe erwartet Sie am Xtreme Skyflyer: aus 45 Meter Höhe können Sie die Nervenkitzel von Sky-diving und Hang-gliding (Extra-Gebühr) erproben. Die Achterbahnen bleiben jedoch die Favoriten: Top Gun mit Korkenzieher-Looping, Sky Rider, eine Stand-Looping-Version, eine hölzerne Achterbahn für »Anfänger« und Nostalgiker und mehrere Bahnen auf Metallkonstruktionen. Die zweisitzigen Go-Karts sollen der ganzen Familie Spaß bringen, der Nervenkitzel steht hier im Hintergrund.

Wasser und mehr: Der 8 Hektar große Wasserpark, Splashworks, ist ein anderer Publikumsmagnet. Attraktionen sind ein Maxi-Wellenbad, das weiße Schaumkronen produziert, 16 Wasserrutschen, darunter eine achtstöckige, von der man 120 Meter in den Abgrund gleitet. Es gibt auch eine ausgefallene Wasser-Kletterturm-Anlage für Kleinkinder. Wenn Sie genug vom Nervenkitzel haben, gehen Sie ins Kingswood Theatre, in dem die Gruppen Crosby, Stills & Nash oder Chicago auftreten, ins Paramount Theatre mit Kino- und Musik-Videoprogrammen, oder schauen Sie dem Straßentheater zu, es gibt auch Cricket-und Minigolf-Bahnen, insgesamt 160 Attraktionen, ausreichend für mehrere Wochen Unterhaltung und Spaß.

25 TOP-ATTRAKTIONEN

BLACK CREEK PIONEER VILLAGE

Das Erfolgsgeheimnis einer traditionellen Dorfindustrie ist ihre Echtheit, und die erleben Sie in dem rekonstruierten Ontario-Dorf des 19. Jahrhunderts. Lassen Sie den Streß des modernen Lebens hinter sich und tauchen in die Vergangenheit ein.

Familienfarm: Black Creek entstand um die Stong-Familienfarm mit dem ersten Blockhaus (1816), Räucherhaus und der Scheune (1825) und einem zweiten, 1932 errichteten Schindelhaus. Auch Schafe und Schweine sind »echt«, Importtiere aus englischer Zucht, die den Pionieren des 19. Jahrhunderts vertraut waren.

Dorfleben: Das Dorf besteht aus etwa 30 Mitte des 19. Jahrhunderts entstandenen Gebäuden. Beim Bummeln über Pfaden und Plankenwegen schlägt man unwillkürlich eine langsamere Gangart ein, die seinerzeit von Pferden statt Autos vorgegeben war. Im Laden Laskay Emporium werden traditionelles Saatgut, Omas Süßigkeiten und im Dorf handgemachte Besen verkauft. Im Half Way House, einem Postkutschen-Gasthaus, wird täglich Brot im alten Backofen gebacken. Doch insbesondere die Kunsthandwerker haben Freude daran, ihre Kenntnisse über historische Gewerke zu vermitteln, die die Attraktion des Dorfes sind. Der Böttcher beugt sich über seinen Faßofen, um wasserdichte Fässer und Eimer ohne einen einzigen Nagel herzustellen. Andere Handwerker demonstrieren die Zinnbearbeitung, die Kunsttischlerei, das Schmiedehandwerk, die Uhrmacherei, die Weberei und Druckerei. Dickson's Hill School ist ein Schulhaus mit nur einem Raum und trotzdem zwei separaten Eingängen für Mädchen und Buben. Ein Kräutergarten mit 42 bekannten Kräutern, ein Garten zur Herstellung von Naturfarben und ein Garten für Medizinkräuter runden das Bild ab.

HIGHLIGHTS

- Böttcherei
- Zinnbearbeitung
- Getreidemühle
- Pioniergärten
- Heuwagenfahrten
- Dorfladen und Poststelle
- Kutschen-Station

INFOS

- nördlich vom Zentrum
- 1000 Murray Ross Parkway, North York
- 416/736-1733
- Mai–Aug. tägl. 10–17 Uhr; Sept. Mi–So 10–17 Uhr; Okt.–Nov. Mi–So 10–16.30 Uhr; Dez. tägl. 10–16.30. Geschl. Weihnachten
- Restaurant (SS), Cafeteria (S)
- Jane-U-Bahn und Bus 35B; Finch-U-Bahn und Bus 50B, 60D und 60E
- ja
- teuer
- Canada's Wonderland ➤ 26

Oben: Ein Böttcher bei der Arbeit. Unten: Schweinefüttern

25 TOP-ATTRAKTIONEN

5

ONTARIO PLACE

INFOS

- F10
- 955 Lake Shore Boulevard West, zwischen Dufferin St und Strachan Ave
- 416/314-9811
- Mitte Mai–Anfang Sept. tägl. 10.30–24 Uhr. Die meisten Attraktionen schließen in der Dämmerung
- Restaurants und Snackbars (\$\$\$-\$)
- Bus 121 Front-Esplanade ab Union Station oder Straßenbahn 511 Bathurst–Exhibition Place
- ja
- mittel
- Sonderveranstaltungen, u. a. Feuerwerk
- Marine Museum ➤ 54 Fort York ➤ 29

Die futuristische Glaskonstruktion am Ontario Place

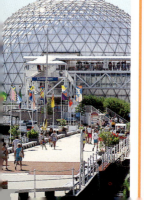

Dieser phantastische Freizeitkomplex auf künstlichen Inseln am Hafen ist eine futuristisch aussehende Anlage der 70er Jahre, die mehrfach prämiert wurde. Die Lagunenatmosphäre am Ufer des Lake Ontarion spricht jeden an, ob jung oder alt.

Immer up to date: Ontario Place erstreckt sich über drei künstliche Inseln und umfaßt 39 Hektar Freigelände. Rundfahrten, Shows, IMAX-Filme, Theateraufführungen, Restaurants und andere Attraktionen gehören zum Angebot. Der erste Entwurf des Architektenbüros Craig, Zeidler und Strong von 1971 wurde mehrfach ausgezeichnet. Um den futuristischen Charakter zu wahren, kamen jedes Jahr neue Attraktionen hinzu.

Wasser überall: Im Kinderdorf, einem neuartigen Park für kreatives Spielen, können die Kleinen über Seilbrücken krabbeln, auf Riesen-Trampolins springen, sich mit Wasserpistolen und Gartenschläuchen bespritzen und an Vorführungen erfreuen. Wasserrutschen und Kanalfahrten, Wildernis Adventure Ride genannt, sind auch sehr beliebt. Für die Mutigen gibt es eine röhrenartige Wasserrutsche, die die Insassen mit 50 Stundenkilometer in eine sich drehende Schüssel und anschließend in ein Landungsbecken befördert. Man kann sich auch für eine simulierte U-Bootfahrt, Seatrek oder Stromschnellenfahrt auf dem Rush River entscheiden.

Unterhaltung gehört dazu: An anderen Attraktionen gibt es überdachte Blickfänge in Form von Stahl- und Glaskonstruktionen (»pods«). Im Lego Pod findet man riesige Lego-Kreationen, während das Nintendo Power Pod interaktive Videospiele bietet. Im Molson-Amphitheater haben bei Sommernachtsaufführungen 16 000 Zuschauer (davon 7000 auf dem Rasen) Platz.

25 TOP-ATTRAKTIONEN

6

FORT YORK

Beim Besuch dieses Gebäudekomplexes zwischen Gleisanlagen und Autobahn können Sie sich in das Jahr 1813 zurück versetzen lassen, als York, jene Siedlung, aus der Toronto entstand, ein einsamer Außenposten des britischen Empire war.

Fort York und das Weiße Haus: Am 27. April 1813 vertrieben 2700 Amerikaner, von Lake Ontario kommend, die 700 britischen Soldaten aus Fort York, besetzten York und brannten die Parliament Buildings und das Government House nieder. Im Gegenzug besetzten die Engländer 1814 Washington und zündeten den Präsidentensitz an. Um die verrußten Mauern zu kaschieren, strichen die Amerikaner das Haus weiß – seitdem heißt es Weißes Haus.

Militärische Memorabilien: John Graves Garrison errichtete 1793 an dieser Stelle das Fort York. Es wurde 1811 befestigt (westlicher Wall und Geschützstellungen) und kurz nach der Zerstörung von 1813 von den Engländern wieder aufgebaut. Die meisten Gebäude stammen aus jener Zeit. Die authentisch eingerichteten Offiziersquartiere (1815) spiegeln die Zeit der späten 30er Jahre des 19. Jahrhunderts. In den Blue Barracks wird die kanadische Militärgeschichte von 1812 bis zum Ersten Weltkrieg dokumentiert. Im Blockhouse 2, einer ehemaligen Kaserne, sind Videos und Dioramen zur Geschichte des Forts zu sehen. Im East Magazine (1814) sind einige der 12 000 bei Grabungen entdeckten Gegenstände ausgestellt; sie erinnern an das damalige Leben der Offiziere: Schnallenschuhe, Absatzplatten, Knöpfe, Zangen. Im Stone Magazine (es stammt aus dem Jahr 1815) waren früher 900 Barrels Schießpulver gelagert.

HIGHLIGHTS

- Schießen mit historischen Musketen im Sommer
- Abfeuern von Kanonen an Sommerabenden
- Offiziersquartiere
- Militärdokumentationen
- Geschützstellungen
- Pulvermagazin
- Archäologieausstellung

INFOS

- G9
- Garrison Rd, nahe Fleet St, zwischen Bathurst St und Strachan Ave
- 416/392-6907
- Mo–Fr 10–17 Uhr, Sa–So 12–17 Uhr (im Winter Mo geschl.). Geschl. 20. Dez.–2. Jan.
- Straßenbahn 511 Bathurst St
- ja
- mittel
- Sky Dome ➤ 35
  CN Tower ➤ 36
  Marine Museum ➤ 54

25 TOP-ATTRAKTIONEN

7

Casa Loma

HIGHLIGHTS

- Great Hall
- Oak Room
- Conservatory
- The Norman Tower
- The Round Room
- The Windsor Room
- Sir Henry's Bathroom
- Stallungen
- Remise
- 2,5 ha Gartenanlagen

INFOS

- H5
- 1 Austin Terrace an der Davenport und Spadina Rd
- 416/923-1171
- tägl. 10–16 Uhr; Gärten Mai–Okt. Geschl. 25. Dez., 1. Jan.
- Café (S)
- Dupont
- ja
- teuer
- Rundgang nach Plan; Vorträge im Garten

Die Große Halle in der Casa Loma

Eine Mischung aus schottischem Prunk des 17. Jahrhunderts und Twentieth-Century-Fox, stellt der exzentrische Traum eines Millionärs dar. Die Anlage kostete 3,5 Millionen Dollar und wurde 10 Jahre später auf nur 27 305 Dollar geschätzt.

Kanadischer Prunk: Eine prächtige und exzentrische Anlage mit elisabethanischen Schornsteinen, rheinischen Türmchen, Tunneln und Geheimgängen: Mit der Casa Loma verwirklichte Sir Henry Pellatt seine Vorstellung von einem prunkvollen europäischen Adelspalast. Zwischen 1911 und 1914 gab er 3,5 Millionen Dollar für seinen Traum aus, engagierte schottische Steinmetze und italienische Holzbildhauer für Mauern und Wände und gab noch einmal 1,5 Millionen für die Einrichtung der 98 Räume aus. Das Ergebnis läßt sich sehen: Eine Stichbalkendecke überspannt die 20 Meter hohe Great Hall; drei Jahre schnitzten drei Künstler an der Wandtäfelung im Oak Room; Bronzetüren führen in das marmorne, mit einer Buntglaskuppel überdachte Conservatory. Zum Komfort gehörten Aufzug, Haustelefon, Marmor-Swimmingpool, eine 10 000 Bände umfassende Bibliothek, 15 Bäder und 5000 Lampen. Ein Tunnel führt in die Stallungen, in denen die Pferde in Luxus-Boxen mit spanischen Fliesen und Mahagonitäfelungen untergebracht waren; ihre Namen standen in Goldlettern über der Box.

Verarmung: Pellatt geriet schließlich in Armut und starb 1939 mittellos. Als Sohn eines Börsenmaklers hatte er große Anteile der Northwest Land Company und der Canadian Pacific Railway erworben. Um 1910 besaß er 17 Millionen. Noch nicht 30 Jahre alt, gründete er Torontos erste Wasserkraft-Elektrizitätsgesellschaft, doch nach der Verstaatlichung der Elektrizitätsgesellschaften zerrann 1920 sein Vermögen.

25 TOP-ATTRAKTIONEN

KENSINGTON MARKET

Immer schon dominierten Händler aus verschiedenen Kulturkreisen den Kensington Market. Die einst jüdische, dann portugiesische Domäne ist heute vor allem puertoricanisch. Samstags herrscht hier Hochbetrieb.

Aus aller Herren Länder: Kensington Market ist kein Marktplatz, sondern eine Reihe enger Gassen, in deren Läden Eßbares jeder Art angeboten wird, vor allem in der Kensington und Augusta Avenue und der Baldwin Street. Gehen Sie von der Spadina Avenue die St Andrews Street zur Kensington Avenue hinunter und biegen rechts ab. Hier gibt es zahlreiche westindische Lebensmittelläden, die Yucca, Zuckerrohr, Feigen, Papayas, Mangos und andere Tropenfrüchte verkaufen. Gehen Sie auch zu Mendel's Creamery, wo es Räucherfisch, Hering, Käse und Dill-Pickles gibt. Global Cheese nebenan hat Käse aus der ganzen Welt im Angebot. Portugiesische Fischhallen, Medeiro's etwa, reihen sich an der Baldwin Street aneinander. Die Stände draußen sind bepackt mit getrocknetem Kabeljau.

Snacks: Verführerische Düfte steigen von der Baldwin Street Bakery auf, und es lohnt sich, hier ein Croissant oder einen Snack zu probieren. Die anderen Läden in der Baldwin Street bieten Körner, Bohnen, Nüsse und Früchte. Versuchen Sie es doch mal mit einem gesunden Imbiß aus verschiedenen Trockenfrüchten bei Salamanca mit Nüssen aus der Casa Acoreana. Gehen Sie auch in den Perola Supermarket, um sich an Cassava, zahllosen Pepperoniarten und vielen verschiedenen Heilwurzeln zu erfreuen. Piñatas baumeln an der Decke, und hinten im Supermarkt werden schmackhafte Pupusas, Teigtaschen mit Fleisch- und Gemüsefüllung, verkauft.

HIGHLIGHTS

- Caribbean Corner
- Mendel's Creamery
- Global Cheese
- Medeiro's Fish Market
- Baldwin Street Bakery
- Salamanca
- Casa Acoreana
- Perola Supermarket

INFOS

- H7
- zwischen College St, Spadina Ave, Dundas St und Augusta Ave
- Läden mit regulären Öffnungszeiten
- Straßenbahn Dundas St oder College St
- Chinatown ► 50

Verkaufsauslagen der Händler

25 TOP-ATTRAKTIONEN

BATA SHOE MUSEUM

Nicht nur Schuhfetischisten werden ihre helle Freude an diesem Museum haben – der Besuch ist ein exzentrischer Spaß. Schuhe gehören zu den frühesten Bekleidungsstücken, und sie zeigen auch die besondere Rolle ihrer Träger.

Schuhe und mehr: Die Ausstellung dokumentiert die Geschichte des Schuhwerks vom ersten menschlichen Fußabdruck vor 3,7 Millionen Jahren bis zu Schuhen von heute. Beim Rundgang sehen Sie eine erstaunliche Vielfalt an Ausgefallenem. Jedes Exponat wird sorgfältig vor dem Hintergrund von Zeit und Ort präsentiert. Es gibt die verschiedensten Schuhe für zeremonielle Anlässe: Ledersandalen mit vergoldeten Bildern, getragen vom König von Kumasi in Ghana bei offiziellen Anlässen; Hochzeitsschuhe aus den unterschiedlichsten Kulturen; bemalte Lackschuhe für den Besuch von Shinto-Schreinen in Japan. Sie lernen die erstaunlichsten Tatsachen: Die klein gewachsene Elisabeth I. ist indirekt für die Probleme verantwortlich, die durch das Tragen hochhackiger Schuhe entstehen; sie trug sie, um größer zu wirken, und machte sie so populär. Auch die Form verriet im England des 14. Jahrhunderts den sozialen Status: wer unter 40 Livres verdiente, durfte keine spitzen Schuhe tragen. Die Schuhe eines Adligen konnten bis zu 60 Zentimeter lang sein, die eines Prinzen unbegrenzt. Highlights sind die »Schuhe der Stars«: Picassos Zebra-Schnürschuhe, Elton Johns 30-Zentimeter-Plateau-Schuhe, Schuhe, die Liz Taylor getragen hat, und die Sandalen des früheren kanadischen Premiers Pierre Trudeau, die er als Weltenbummler trug.

HIGHLIGHTS

- Gußform vom Fußabdruck des Homo sapiens vor 3 700 000 Jahren
- 4500 Jahre alte Holzsandalen
- 2000 Jahre alte Espadrilles
- 500 Jahre alte Rohleder-Mokassins für das Maya-Menschenopfer eines Jungen
- Gotischer Fußschutz aus Süddeutschland
- Designer-Schuhe von Ferragamo u. a.
- Schuhe der Stars – Picasso bis Liz Taylor
- Raymond Moriyamas Architektur ➤ 52

INFOS

- H6
- 327 Bloor St
- 416/979-7799
- Di–Mi und Fr–Sa 10–17 Uhr, Do 10–18 Uhr, So 12–17 Uhr
- St George
- ja
- teuer
- Vorträge, Workshops, Geschichtenerzähler
- ROM ➤ 39, George R Gardiner Museum ➤ 40, University of Toronto ➤ 33, Yorkville ➤ 51

Rechts: Die Plateau-Schuhe von Elton John

25 TOP-ATTRAKTIONEN

UNIVERSITY OF TORONTO

An dieser ehrwürdigen Institution wurden große wissenschaftliche Leistungen vollbracht. Das Insulin etwa wurde hier entdeckt. Viele heute berühmte Wissenschaftler und Künstler waren einst Studenten und Lehrer an dieser Universität.

Bedeutende Wissenschaftler und Forschungen: Kanadas mit mehr als 50 000 Studenten größte Universität wurde 1827 gegründet. Hier wurden Pionierleistungen hervorgebracht wie die Entwicklung des Lasers, der Bau des ersten Herzschrittmachers und die Entdeckung des für die schlimmste Form der Alzheimer-Krankheit verantwortlichen Gens. Zu berühmten Absolventen zählen: die Schriftsteller Margaret Atwood, Farley Mowat, Stephen Leacock, die Filmemacher Atom Egoyan, Norman Jewison, der Schauspieler Donald Sutherland, die Opernsängerin Teresa Stratas, die Premierminister Mackenzie King und Lester Pearson.

Neo-Gotisches und Modernes: Bummeln Sie über den Campus St George in Downtown mit seinem bunten Architektur-Mix. An der Hoskin Avenue liegen Wycliffe und Trinity College, ersteres ein romanisierender Ziegelbau, das zweite ein neo-gotischer Komplex mit Kapelle und bezaubernder Gartenanlage. Das Massey College um die Ecke am Devonshire Place stammt aus den 60er Jahren, der Autor Robertson Davies war hier jahrelang Dekan. Universitätsmittelpunkt ist Hart House, Abbild eines Oxford-Colleges. Besuchen Sie die Sammlung kanadischer Kunst in der Justina M Barnicke Art Gallery im Westflügel. Südlich liegt das Romanesque Revival University College mit einem Kunstcenter im Laidlaw Building. Wenn Sie dem King's College Circle folgen, kommen Sie an weiteren Universitätsgebäuden vorbei.

HÄTTEN SIE'S GEWUSST?

- Der Virologe Dr. Tak Mak, dem erstmals das Klonen von T-Zell-Genen gelang, lehrt hier
- Dr. Lap Chee Tsui entdeckte das Gen der Zystischen Fibrose, er lehrt heute noch hier
- Mehr als 50 Prozent der Studenten sind Frauen
- Das Royal Ontario Museum, die Canadian Opera Company und das Toronto Symphony Orchestra wurden hier gegründet

INFOS

- J6, J7
- westlich von Queen's Park
- 416/978-5000
- Restaurant im Hart House und zahlreiche Cafeterien in Campus-Bauten (SSS–S)
- Museum oder Queen's Park
- Straßenbahn College St
- ja
- frei
- Führungen Juni–Aug. über telefonische Auskunft
- Ontario Parliament Buildings ➤ 41
  Royal Ontario Museum ➤ 39
  George R Gardiner Museum ➤ 40

25 TOP-ATTRAKTIONEN

HARBOURFRONT ANTIQUES MARKET

HIGHLIGHTS

- Yours Mine & Ours
- Blue Antiques
- Our House
- Caspian Pearl
- Pam Ferrazzutti
- Heritage Gallery
- Yank Azman
- Sphinx
- Floyd & Rita's

INFOS

- H9
- 390 Queens Quay West bei Spadina Ave
- Sommer Di–Sa 10–18 Uhr, So 8–18 Uhr. Winter Di–Fr 11–17 Uhr, Sa–So 10–18 Uhr
- 416/260-2626
- Café (S)
- Union, dann Harbourfront LRT; Spadina und Bus 77
- ja
- frei

Jugendstil, Art déco, georgianische und französische Kunst des 18., Kitsch des 20. Jahrhunderts – alles ist hier auf dem Markt mit mehr als 100 Händlern vertreten. Am besten kommen Sie am Wochenende, wenn alle Läden geöffnet sind.

Erlesenes bei jedem Wetter: Auf diesem überdachten Markt können Sie bei jeder Witterung nach Herzenslust stöbern. Die Warenqualität ist gut, die Preise sind fair. Es gibt alles: Kitsch-Poster, Militärkleidung, Kronleuchter, Fingerhüte, alte Metallschilder, Silberdolche, Spazierstöcke, Elvis-Buttons, alte Telefone und -Kameras, Ahorntruhen und -vitrinen, Donnerbüchsen und andere Feuerwaffen, Uhren, Spielzeugsoldaten, Schmuck und technische bis hin zu medizinischen Geräten.

Tips und mehr: Bei Connoisseur Antiques gibt es elegante Louis-quinze- und Louis-seize-Mobiliar, herrliche vergoldete Spiegel und Kronleuchter, Schmuck, Porzellan und Bilder. Bei Eclectiques findet man ebenfalls exquisite französische Möbel. Suchen Sie viktorianische Großvasen aus Majolika, Vorlegeplatten, Jardinieren und alte Sportgeräte, gehen Sie zu Pam Ferrazzutti; Kuriosa und Theaterrequisiten hat Frank Azman, außerdem führt er technische und medizinische Geräte, Sportartikel und Handgepäck. Caspian Pearl bietet Ihnen Schmuck, auch Kanapee-Quasten, Miniaturen und anderes Dekorative aus dem Orient. Jugendstil- und Art-déco-Schmuck sowie andere Kunstobjekte findet man in der Heritage Gallery. Schauen Sie sich auch die Großbronzen und anderen Empire-Objekte bei Iveta Biberger an. Wenn Sie sich überhaupt von den Auslagen losreißen können, sehen Sie vielleicht einige Vips, Goldie Hawn, Jane Fonda oder Whoopi Goldberg etwa, ebenfalls hier stöbern.

25 TOP-ATTRAKTIONEN

12

SKY DOME STADIUM

Die außergewöhnliche Architektur ließ diese Sportarena im Zentrum zu einer Touristenattraktion mit Führungen werden. Sie ist eines der wenigen Stadien der Welt, in dem man von Hotelsuiten das Geschehen auf dem Spielfeld verfolgen kann.

HIGHLIGHTS

- Ein- und ausfahrbares Dach
- Video zur Baugeschichte des Stadions
- Firmenlogen
- Pressezentrum
- Hotelzimmer mit Blick aufs Spielfeld

The Audience von Michael Snow

Technische Meisterleistung: Zahlen helfen, das Technikwunder zu erklären: Für die Umsetzung des Entwurfs des größten, jemals errichteten Stadions mit einem zu öffnenden Dach bedurfte es großer Erfindungsgabe der Ingenieure. Hier einige Zahlen: Das 11 000-Tonnen-Dach überspannt mehr als 3,2 Hektar Fläche, es besitzt 250 000 Bolzen und kann, dank Laufgestellen, die auf Schienen geführt und von Motoren angetrieben werden, in 20 Minuten geöffnet oder geschlossen werden. Obwohl der Einführungsfilm etwas pathetisch ist, erhält man doch eine Vorstellung von der grandiosen Leistung, die für den Bau erforderlich war.

Führungsablauf: Unterwegs hören die Besucher unendlich viele Zahlen über die Rasenfreifläche und wie lange es dauert, bis sie überdacht ist. Sie besuchen die teuren Firmenlogen und nehmen im Presse- und Fernsehzentrum Platz. Zum Stadion gehört ein Hotel, dessen Zimmer grandiose Ausblicke auf das Spielfeld bieten und die an Veranstaltungsabenden zum Preis von 800 Dollar aufwärts gemietet werden können. Die Teilnehmer der Führung müssen sich jedoch mit einem Blick in den Umkleideraum der Gastspieler begnügen, wo Kleiderhaken und andere Einrichtungen so hoch hängen, daß sie der Größe der Basketball-Riesen angepaßt sind. Nach der Führung kann man sich im Hard Rock Café ausruhen.

INFOS

- H9
- 1 Blue Jays Way
- 416/341-2770
- Restaurants, Cafés und Snackbars (SSS–S)
- Union Station
- Straßenbahnen Front St
- ja
- sehr teuer
- Führungen
- CN Tower ➤ 36

25 TOP-ATTRAKTIONEN

13

CN TOWER

HIGHLIGHTS

- Glasboden
- Blick vom Aussichtsdeck
- Sky Deck
- Eco Deck
- Drehrestaurant (☎ 362-5411)
- Horizon's Cocktail- und Tanzbar (☎ 601-4721)
- Q-Zar
- Cosmic Pinball
- Virtual World
- The ride up

INFOS

- J9
- 301 Front St West
- 416/360-8500
- Anfang Sept.–April: Sky Pod tägl. 9–24 Uhr; Spiele tägl. 10–22 Uhr. Mai–Anfang Sept.: Sky Pod tägl. 10–22 Uhr; Spiele So–Do 11–17 Uhr, Fr–Sa 10–23 Uhr
- 360 Restaurant ☎ 416/362-5411 ($$$) Horizons ($$) Food Court ($)
- Union Station
- Straßenbahn Front St
- ja
- Aussichtsplattform sehr teuer; Spiele

Torontos Wahrzeichen – der CN Tower

Das Wahrzeichen Torontos. Wie San Franciscos TransAmerica und Seattles Space Needle wurde der CN Tower, noch immer das höchste freistehende Bauwerk der Welt, anfangs nicht erst-, doch schließlich von allen angenommen.

An einem klaren Tag: Es stellt sich eine leichte Magenflaute ein, wenn man mit sechs Metern pro Sekunde im Glasaufzug zum Sky Pod, 346 Meter über dem Erdboden, hochgeschossen wird. Nach Ankunft kann man durch einen Glasboden in die Tiefe schauen. Vom Freiluft-Deck des Pods sieht man an klaren Tagen die Gischt der Niagarafälle am anderen Ufer des Sees. Es gibt auch ein Video, in dem die Konstruktion des Turms dokumentiert wird, und im Eco Deck werden mit interaktiven Exponaten und Filmen Umweltprobleme erörtert. Wenige Unerschrockene fahren mit dem Aufzug 33 Stock höher auf das 446 Meter hohe Space Deck. Rekordverdächtig war Ashrita Furman, der mit seinem Pogo die 1957 Stufen zum Sky Pod in 57 Minuten und 43 Sekunden schaffte.

Futuristische Spiele: Am Fuß des Turms gibt es für Erwachsene und Kinder zahlreiche futuristische Spiele. Im Q-Zar können Sie sich einem Team anschließen und mit einer Laserkanone an einem spannenden Laser-Spiel teilnehmen. Im Cosmic Pinball werden Sie auf eine Reise durch einen Farb- und Ton-Hexenkessel geschickt. In Virtual World wird ein interaktives Videospiel in futuristischen Cockpits geboten. Im Cybermind können Sie in kompletter HMD-Montur durch die 3D-Welt schweben.

25 TOP-ATTRAKTIONEN

14

ART GALLERY OF ONTARIO

Eine Galerie, in der die Wände leuchtend bunt bemalt sind – eine Schatzkammer kanadischer und europäischer Kunst. Außerdem beherbergt sie eine Henry-Moore-Sammlung. Die Gebäude gruppieren sich um das historische Grange.

Das Beste aus Kanada: Die kanadischen Maler der Group of Seven (▶ 12, 25) stellten hier 1920 zum ersten Mal aus, und die Galerie besitzt herausragende Werke dieser Künstler: Tom Thomson *The West Wind* (1917), J. E. H. MacDonald *Falls, Montreal River* (1920), Lawren Harris *Above Lake Superior* (1922) und Emily Carr *Indian Church* (1929). Außerdem wird die Entwicklung kanadischer Kunst nachgezeichnet; sehenswert sind: Joseph Legare *The Fire in the Saint Jean Quarter Seen Looking Westward* (1845), James Wilson Morrice *Gibraltar* (1913), Paul Emile Bordua *Woman with Jewel* (1945), Paterson Ewen *Coastal Trip* (1974), Joanne Tod *Similac* (1992) und Jeff Wall *The Goat* (1989) sowie die Inuit-Sammlungen mit Skulpturen, Drucken und Zeichnungen.

Henry-Moore-Sammlung: Das 1974 eröffnete Henry Moore Sculpture Centre beherbergt eine der größten Sammlungen der Werke des Künstlers. Auf Farbfotos kann man zudem viele Hauptwerke an ihrem jetzigen Standort betrachten.

Aus der Alten Welt: Zu den bedeutsamsten Werken des 17. Jahrhunderts gehören Bilder von Luca Giordano, Antoine Coypel, Jean Baptiste Jouvenet, Jusepe de Ribera und einige exzellente barocke Bronzen aus Florenz. Die Galerie besitzt auch Werke von Picasso, Dufy, Modigliani, Brancusi, Gauguin, Chagall, Barbara Hepworth, Naum Gabo und den Surrealisten, außerdem zahlreiche Fotografien, Drucke und Zeichnungen sowie ein Filmarchiv.

HIGHLIGHTS

- Sammlungen der Group of Seven
- Inuit-Sammlungen
- Henry Moore Sculpture Centre
- Paul Kane: *Indian Encampment on Lake Huron*
- Antoine Plamondon: *Passenger Pigeon Hunt*
- Massimiliano Soldi-Benzi: *Castor and Pollux*
- James Wilson Morrice: *Landscape Trinidad*
- Harold Town: *Great Seal No. 3*
- Jack Bush: *Hanging Figure*
- Filmprogramm
- Museumsshop

INFOS

- J8
- 317 Dundas St West
- 416/979-6648
- Sommer: Mi 10–22 Uhr, Di–Fr 12–21 Uhr, Sa–So 10–15.30 Uhr; Winter: Mi 10–22 Uhr, Do–So 10–15.30 Uhr. Geschl. 25. Dez., 1. Jan.
- Restaurant (SS)
- St Patrick
- Straßenbahn Dundas St
- ja
- mittel
- Führungen, Vorträge, Filme, Konzerte
- Chinatown ▶ 50, Eaton Centre ▶ 70 Museum for Textiles ▶ 54

25 TOP-ATTRAKTIONEN

15

THE GRANGE

HIGHLIGHTS

- Freistehende Wendeltreppe
- Porträt der Mrs. D'Arcy Boulton von Antoine Plamondon
- Frühstückssalon
- Bibliothek
- Himmelbett
- Teppichboden aus Hanf und Wolle
- Kamin in der Bibliothek mit Minton-Kacheln
- Küche
- Herdfeuer

INFOS

- ✚ J8
- ✉ 317 Dundas St West
- ☎ 416/977-0414
- ⊙ Winter: Mi 12–21 Uhr, Do–So 12–16 Uhr; Sommer: Di 12–16 Uhr, Mi 12–21 Uhr, Do–So 12–16 Uhr; geschl. 25. Dez. und 1. Jan.
- 🍴 siehe Art Gallery of Ontario (➤ 37)
- Ⓢ St Patrick
- 🚋 Straßenbahn Dundas St
- ♿ ja
- 🛍 wie in der AGO
- ❓ Rundgänge mit Info
- ↔ AGO ➤ 37
   Chinatown ➤ 50
   Eaton Centre ➤ 70

Oben: Die große Küche des Grange

38

Lassen Sie sich in eine Zeit versetzen, als die Stadt noch nicht so aufgeschlossen war, regiert von einer Handvoll Magnaten, die als Family Compact bekannt wurden. Das Grange erinnert deutlich an ihre aristokratischen Neigungen.

Das Domizil der Boultons: Nach dem Tod von Harriette Dixon Boulton Smith 1909 gingen das Herrenhaus und der 2,5 Hektar große Park an die damals heimatlose Art Gallery of Ontario über. D'Arcy Boulton jun. hatte das Haus 1817 inmitten eines 40-Hektar-Areals errichten lassen. Die Boultons gehörten zur herrschenden Schicht, so spielte sich in ihrem Haus das gesellschaftliche und soziale Leben ab. D'Arcy selbst bekleidete mehrere Regierungsämter, und sein Sohn William Henry war viermal Bürgermeister der Stadt. Als er starb, heiratete seine Witwe Goldwin Smith, Professor für Zeitgeschichte in Oxford, einen verschwenderischen Gastgeber. Der Prince of Wales and Churchill zählten zu seinen Gästen.

Upper-class-Toronto um 1840: Die Innenausstattung der Residenz – alle Räume sind sorgfältig beschriftet – dokumentiert das Leben ihrer Bewohner um 1840. Die Anrichte im Speisesaal etwa war nicht nach dem Geschmack der Familie, da sie aus Amerika stammte, während der Kaminschirm im Salon ganz die vornehme Distinguiertheit ausstrahlt. Im ersten Stock kann man zwei Schlafzimmer und einen großen Musiksaal besichtigen, in dem Gesellschaften und Bälle stattfanden. Der interessanteste Teil des Hauses liegt im Souterrain, wo sich die Arbeitsräume der etwa 8 bis 10 Bediensteten befinden. Hier brennt noch immer das Feuer im Herd neben dem Backofen. Auch in diesen Räumen sind historische Gegenstände zu sehen, die vom Reichtum der Family Compact zeugen.

25 TOP-
ATTRAKTIONEN

16

ROYAL ONTARIO MUSEUM

Mit 40 Sammlungen und sechs Millionen Exponaten ist das ROM so vielseitig, daß für jeden Geschmack etwas dabei ist: Dinosaurier, eine Fledermaushöhle oder die Sammlung chinesischer Kunstwerke aus vier Jahrtausenden.

Ost und West: Die China-Sammlung T.T.Tsui besitzt Orakelknochen, Bronzegefäße, Jadeobjekte der Han- und Tonkrieger der Tang-Zeit. Am Ming-Grab steht das Modell eines chinesischen Hauses (Grabbeigabe), und in Levy Court sind Einrichtungen aus der Ming- und Qing-Dynastie zu sehen sowie eine Schnupftabakflaschen- und Keramik-Sammlung. Besonders eindrucksvoll: die Wandgemälde und Monumentalskulpturen (12. bis 16. Jh.) in der Bishop White Gallery of Chinese Temple Art. Die Fernost-Sammlung ist die größte außerhalb Chinas. Die Mumien gehören zu den Attraktionen der ägyptischen Sammlungen; Keramik, Schmuck, Münzen und Glasobjekte finden sich in den Sälen der griechischen und römischen Sammlungen. In den Samuel European Galleries gibt es Waffen und Rüstungen und zeitgenössisch gestaltete Räume. Die Sigmund Samuel Canadian Gallery widmet sich kanadischem Kunstgewerbe und historischen Gemälden.

Naturgeschichte: Die Life Sciences Galleries zu Evolution, Insekten, Säugetiere und Vögel sind hochinteressant. In der Vogel-Sammlung etwa gibt es ein Diorama über die Ontario-Feuchtgebiete, und die Besucher können an Computern Vogelstimmen kennenlernen. Die Fledermaushöhle ist eine Nachbildung der St Clair Cave in Jamaika. Gehen Sie zu den 13 lebensgroßen Dinosaurierskeletten, und versäumen Sie nicht den blauen Topas im Schmuck- und Goldsaal.

HIGHLIGHTS

- Bishop White Gallery
- Ming-Grab
- Djedmaatesankh-Sarg
- Discovery Centre für Kinder
- Vogelstimmen-Computerterminals
- 776-karätiger australischer Opal
- Fledermaushöhle
- Museumsshop

INFOS

✠ J6
✉ 100 Queen's Park
☎ 416/586-5549 oder 586-8000
🕓 Mo, Mi–Sa 10–18 Uhr, Di 10–20 Uhr, So 11–18 Uhr. Geschl. 25. Dez., 1. Jan.
🍴 Chefkoch Jamie Kennedy im ROM (SSS), Druxey's (SS), Cafeteria (S)
Ⓜ Museum
♿ ja
💰 sehr teuer
↔ George R Gardiner Museum ➤ 40
Bata Shoe Museum ➤ 32
Yorkville ➤ 51

Ein Buddha aus der China-Sammlung T.T.Tsui

25 TOP-ATTRAKTIONEN

17

GEORGE R GARDINER MUSEUM OF CERAMIC ART

HIGHLIGHTS

- Olmeken-Figuren
- Maya-Objekte
- Majoliken
- 2200teiliges Porzellan-Service aus Swansea
- Commedia-dell'arte-Figuren
- Parfümfläschchen

INFOS

- J6
- 111 Queen's Park
- 416/586-8080
- Di–Sa 10–17 Uhr, So 11–17 Uhr (Ende Mai bis Anfang Sept. Di bis 19.30 Uhr geöffnet). Geschl. 25. Dez. und 1. Jan.
- Museum
- ja
- frei (Spende erbeten)
- Royal Ontario Museum ► 39, University of Toronto ► 33, Ontario Parliament Buildings ► 41, Bata Shoe Museum ► 32, Yorkville ► 51
- Führungen, Vorträge

Oben: Mittelamerikanische Exponate
Rechts: Majolika-Madonna mit Kind

Die von George und Helen Gardiner zusammengetragene Sammlung präsentiert Keramikgegenstände aus verschiedenen Epochen. Das kleine Museum bietet so viel Abwechslungsreiches, daß der Besuch große Freude bereitet.

Bunte Töpferwaren: Im Erdgeschoß gibt es eine phantastische Sammlung präkolumbischer Keramik. Die Figuren und Gefäße aus der Zeit von 3000 v. Chr. bis zum 16. Jahrhundert stammen aus Ländern von Mexiko bis Peru. Hervorzuheben: Objekte der Olmeken, Nayarit-Figuren aus rotem Ton, männliche Figuren aus Zacatenco, fremd lächelnde Statuetten aus Nopiloa, Los Cerros oder von der Isla de Sacrificios, Tonware und Bleisalz-Keramik der Maya sowie Objekte der Azteken. Eine weitere wichtige Periode der Keramikkunst wird durch farbige italienische Majoliken aus dem 15. und 16. Jahrhundert repräsentiert und durch eine Sammlung zinnglasierten Steinguts, darunter auch das blauweiße Delfter Steingut.

Zartes Porzellan: Der erste Stock ist dem Porzellan gewidmet, darunter auch Figuren des berühmten Meißener Modelleurs Joachim Kändler und einige erstklassige Objekte aus Sèvres. Englisches Porzellan im frühen Chelsea- und Bow-Stil ist ebenfalls vertreten, sowohl Stücke aus weicher Tonmasse als auch späteres Porzellan unter Beimischung von Knochenasche. Außerdem zu sehen: 100 Figuren der Commedia dell'arte und eine Parfümfläschchen-Sammlung aus der Mitte des 18. Jahrhunderts mit Stücken aus Meißen und anderen Werkstätten.

25 TOP-ATTRAKTIONEN

18

ONTARIO PARLIAMENT BUILDINGS

Im gepflgeten Queen's Park, am nördlichen Rand der City, zwischen College Street und Bloor Street West, liegen der Regierungssitz der Provinz Ontario und die Regierungsgebäude. Das Ontario Parliament Building stammt von 1893.

Parlamentssitzungen: Im vierstöckigen Kammergebäude werden Gesetze für die mehr als neun Millionen Einwohner Ontarios verabschiedet. Auf einem Podium präsidiert der Speaker des Hauses, zu seiner Rechten hat die Regierung ihren Platz, zu seiner Linken die Opposition. In der Mitte sitzt der Sekretär mit dem Amtsstab, dahinter steht ein kleinerer Tisch mit den Protokollführrern. Auf den Stufen des Podiums haben die Pagen, die Hausboten, über dem Speaker die Presseleute ihren Platz. Die Sitzungen werden vom Lieutenant Governor eröffnet und beendet. Höhepunkt jeder Sitzung ist die Fragestunde, wenn die Abgeordneten den Regierungschef und die Minister mit Fragen bombardieren.

Erhabene Architektur und Geschichte: Auch wenn gerade keine Sitzung stattfindet, kann man das Gebäude besichtigen, einen neogotischen, 1893 eingeweihten Rotsandstein-Bau. Die Treppenflucht zum Sitzungssaal säumen Porträts früherer Regierungschefs, eine riesige Buntglaskuppel erhellt den Ostflügel mit dem Büro des Premiers. Die West-Lobby schmücken italienische Marmorsäulen mit exquisiten Kapitellen im Beaux-Arts-Stil und ein Mosaikfußboden. Im Erdgeschoß sind Ausstellungen zur Geschichte der Provinz eingerichtet, unter anderem befindet sich hier der Original-Amtsstab, den sich die Amerikaner im Krieg von 1812 gegen Großbritannien im damaligen York angeeignet hatten, und der erst 1934 unter Roosevelt nach Toronto zurückkam.

HIGHLIGHTS

- Abgeordnetenhaus
- Buntglas-Kuppel im Ostflügel
- Amtsstab
- Türen des Abgeordnetenhauses

INFOS

- J7
- Queen's Park
- 416/325-7500
- Sitzungsperioden März–Juni und Sept.–Dez.
- Cafeteria (S)
- Queen's Park
- ja
- frei
- Führungen wochentags Sept.–Mai (Ende Mai–Anfang Sept. auch an Wochenenden). Reservierung notwendig
- University of Toronto ➤ 33
  Royal Ontario Museum ➤ 39
  George R Gardiner Museum ➤ 40
  Bata Shoe Museum ➤ 32

25 TOP-ATTRAKTIONEN

19

HARBOURFRONT

HIGHLIGHTS

- Shopping am Queens Quay
- Hafenrundfahrten
- Kunstausstellungen im Power House
- Kunsthandwerkstätten
- Boutiquen

INFOS

- ✚ J9
- ✉ 410 Queens Quay West, Suite 200
- ☎ 416/973-3000 oder 973-4600. Tickets 973-4000
- ⓘ Infocenter (York Quay)

Fährschiffe liegen in der Hafeneinfahrt

- Mi–So 11–20 Uhr; Queens Quay tägl. 10–18 Uhr
- 🍴 mehrere ($$$–$)
- 🚊 Straßenbahn 510 ab Union
- ♿ ja
- 🎟 frei
- ❓ Sonderveranstaltungen (Info am York Quay)
- ↔ Harbourfront Antiques Market ➤ 34

Nicht nur ein phantastischer Park, sondern auch eine vielgerühmte Shopping-Mall findet sich am Ufer. Hier kann man gut den ganzen Tag verbringen – radfahren, segeln, Kanu fahren, picknicken oder Kunstgalerien besuchen.

Seeufer-Freuden: Bummeln Sie am Queens Quay durch die Shopping-Mall in einem alten Lagerhaus, oder speisen Sie mit Blick auf das Wasser. Weiter geht es am Ufer entlang zum York Quai, unterwegs in die Power Plant, eine Galerie für zeitgenössische Kunst, und zum dahinter liegenden Du Maurier Theatre. Auch ein französisches Kulturzentrum gibt es. Auf dem York Quai ist das Kunsthandwerk zu Hause: Glasbläser, Töpfer, Kunstschmiede, Siebdrucker und Metallbearbeiter bieten ihre Produkte in Läden feil. Am York-Quai-Ufer gibt es einen kleinen Teich, einen Kinderspielplatz und das Freiluft-Molson-Theatre. Zahlreiche Restaurants laden am John Quai jenseits der Fußgängerbrücke ein, am nächsten Quai können Sie Boote mieten (siehe unten). Noch ein Stück weiter kommen Sie an der Einmündung der Spadina Avenue zum Harbourfront Antiques Market.

Veranstaltungen und Aktivitäten: Bei mildem Wetter kann man sich an der Harbourfront auf dem Rasen entspannen oder von einem der Cafés Menschen beobachten. Wasserratten können ein Boot mieten oder einen Segelkurs im Harbourside Boating Centre (☎ 416/203-3000) buchen. Hier gibt es mehr als 4000 Veranstaltungen, angefangen vom Milk International Children's Festival im Mai und Juni bis zum International Festival of Authors im Oktober.

25 TOP-ATTRAKTIONEN

20

CITY HALL

Schon zum Zeitpunkt seiner Entstehenung Mitte der 60er Jahre wirkte der Bau der New City Hall überraschend modern. Zwei halbrunde Gebäude unterschiedlicher Höhe umgeben den runden Parlamentssaal mit seiner flachen Kuppel.

Nathan Phillips und Viljo Revell: Nachdem Bürgermeister Nathan Phillips den Stadtrat für einen Architekturwettbewerb für die neue Stadthalle gewonnen hatte, mußten sich die Stadtväter zwischen 520 Vorschlägen aus 42 Ländern entscheiden. Ihre Wahl fiel auf den Finnen Viljo Revell, sein Bau wurde 1965 eröffnet. Der Platz vor dem Rathaus wurde zu einem Freizeitgelände für die Öffentlichkeit gestaltet, und ist ein beliebter Treffpunkt. Der große Teich wird im Winter zur Eisarena. Im Friedenspark zur Rechten der Stadthalle brennt die von Papst Paul II. entzündete Ewige Flamme mit einem Aschestück vom Friedensdenkmal in Hiroshima. In der Nähe des Eingangs steht Henry Moores *Three Way Piece Number Two*, liebevoll *The Archer* genannt.

Öffentliche Sitzungen und Stadtkunst: Im Rathaus selbst gibt es mehrere Kunstwerke zu betrachten. Die Wand in der Eingangshalle gestaltete David Partridge mit mehr als 100 000 Nägeln zu seinem Werk *Metropolis*. In der Hall of Memory im Norden, einer Halle, die einem Amphitheater gleicht, sind im Goldenen Buch die Namen der 3500 Torontonians verzeichnet, die im Ersten Weltkrieg gefallen sind. Die Riesensäule in ihrem Zentrum stützt den darüber liegenden Ratssaal. Über die Osttreppe gelangt man auf den Korridor mit den Büros der Stadträte; er ist mit einem Kupfer-und-Glas-Mosaik versehen: Die *Views of the City* bieten Panorama-Ansichten der City-Skyline. Von hier geht es mit dem Aufzug zur Besuchertribüne im Sitzungssaal.

HIGHLIGHTS

- Viljo Revells Architektur
- Ratssaal
- Säule in der Hall of Memory
- Hall of Memory
- Nathan Phillips Square
- *Metropolis*
- Henry Moore: *Archer*
- Peace Garden (Friedenspark)
- Reflection Pool

INFOS

- J8
- Queen St West
- 416/392-7341
- Cafeteria
- Queen/Osgoode
- ja
- frei
- Rundgang mit Infomaterial
- Campbell House ➤ 53
- Osgoode Hall ➤ 53

City Hall: Council Chamber

25 TOP-
ATTRAKTIONEN

21

The Hockey Hall of Fame

HIGHLIGHTS

- Stanley Cup
- Rink Zone
- Umkleideraum der Montreal Canadiens
- Impact Zone
- Shop »Spirit of Hockey«
- Architektur der restaurierten Bank von 1885

INFOS

- J9
- BCE Place Ecke Front und Yonge St
- 416/360-7765
- Sommer: Mo–Sa 9.30–18 Uhr, (Do–Fr bis 21.30 Uhr), So 10–18 Uhr, sonst tägl. Mo–Fr 10–17 Uhr, Sa 9.30–18 Uhr, So 10.30–17 Uhr. Geschl. 25. Dez., 1. Jan.
- King und Union
- Straßenbahn King St
- ja
- teuer
- St Lawrence Market ➤ 46

Oben: Der Stanley Cup
Unten: Hockeyspieler, Skulptur am Eingang

In Kanada lernt man erst laufen, dann Schlittschuh laufen, sagt ein Sprichwort. Eishockey genießt hohen Stellenwert. Jeder schaut zu und spielt es gern, auch wenn die kanadischen Clubs von den Amerikanern bedrängt werden.

Stanley Cup und Hall of Fame: Das »Heiligtum« des Museums ist die Bell Great Hall, einst die große Halle des imposanten Baus der Bank of Montreal. Hier ist der Stanley Cup, die älteste Trophäe im Profisport Nordamerikas, vor der Honoured Members Wall ausgestellt.

Aktiv sein: In der Rink Zone gibt es ein Tor mit Schlägern und einem Eimer voll Pucks – Sie können Ihre Schußkraft vor einem TV-Monitor erproben. In der Impact Zone können Sie für wenig Geld in der Anfänger-, Profi- oder All-Star-Klasse gegen ein Video mit Top-Spielern antreten, die mit Schwamm-Pucks aus vollen Rohren von der Videowand auf Sie schießen.

Spieler abhören: In einer Nachbildung des Umkleideraums der Montreal Canadiens können Sie Rituale und Taktik-Tips der Spieler vor einem Spiel abhören, und Sie erfahren, wie Dick Irvin sen. und jun. die heutige Sportmedizin – Laser, Ultraschall und Elektromassage, – mit der Salben- und Bandagentherapie von einst vergleichen. Es gibt Andenken an Teams und Spieler, Filmclips von spannenden Spielzügen und Dokumentationen über die Entwicklung der Eishockey-Accessoires, von den frühen Holzstöcken bis zu den heutigen Schlägern in Aluminiumausführungen, von Lederhauben bis zu Vollschutzmasken.

25 TOP-ATTRAKTIONEN

THE TORONTO ISLANDS

Nur 20 Minuten Fahrt mit der Fähre, und Sie haben die Großstadt Toronto hinter sich gelassen und befinden sich in einem Paradies mäandrierender Wasserläufe, idyllischer Radwege und Pfade auf Ward's Island oder auf Hanlan's Point.

HIGHLIGHTS

- Centreville
- Hanlan's Point
- Panoramablick von Algonquin Island

INFOS

- südlich vom Hafen
- Centreville 416/203-0405 Ferry 392-8193
- Fährdienst von Centreville

Erholungsgebiet: Ursprünglich bildeten die Eilande eine Halbinsel um den Hafen, über den 1858 ein Orkan fegte. So entstanden die 14 insgesamt 248 Hektar großen Inseln mit schattigen Pfaden, friedlichen Wasserwegen und Buchten. Bis 1920 standen hier schicke Hotels, heute kommen die Menschen hierher, um zu wandern, Rad zu fahren, Tennis zu spielen, Enten zu füttern, zu picknicken, am Strand zu liegen oder Boot zu fahren. Auf den Inseln gibt es auch Restaurants und Parkanlagen.

Centre, Ward's und Algonquin Island: Erstere dieser drei Inseln wird am stärksten frequentiert. Im Hauptort Centreville gibt es einen Vergnügungspark mit einem altertümlichen Karussell, man kann eine Kanalfahrt machen, mit Oldtimern fahren und mit Kindern die kleine Farm besuchen, wo sie Lämmer streicheln und auf Ponys reiten können. Von Centre Island gelangt man nach 45 Minuten Fußmarsch entweder nach Hanlan's Point oder Ward's Island und kann die Fähre zurück nehmen. Von Ward's Island führt ein Weg über die Strandpromenade zur Lagunenbrücke und nach Algonquin Island, von wo Sie einen spektakulären Blick auf die Skyline Torontos haben. Am besten, Sie mieten sich ein Fahrrad bei der Ankunft, um die ganze Insel abzufahren, oder Sie benutzen die kostenlose Bahn von Centre Island nach Hanlan's Point.

Vergnügen im Centreville-Park

- Restaurants, Cafés
- Abfahrt der Fähren nach Hanlan's Point, Centre Island und Ward's Island: Bay Street und Queens Quay West. Anfahrt mit Harbourfront LRT, Bus Bay 6 und Spadina 77B. Fährdienst im Sommer: 8–12.45 Uhr; ansonsten tel. Auskunft
- ja
- preiswert
- Sommer- und andere Veranstaltungen wie Drachenbootrennen
- Harbourfront ➤ 42

25 TOP-ATTRAKTIONEN

St Lawrence Market

Die Architektur dieses Gebäudes aus dem 19. Jahrhundert kann sich durchaus mit dem reichhaltigen und feinen Angebot in der Markthalle selbst messen. Sie können Sandwich mit Erbsenschinken kosten oder sich ein Luxus-Picknick zusammenstellen.

HIGHLIGHTS

- Sausage King
- Carousel Bakery
- Manos Deli
- Future Bakery
- Scheffer's Deli
- Gus Seafood
- Alex Farm
- Caviar Direct
- Architektur der Markthalle

INFOS

- K9
- 92 Front St East
- 416/392-7219
- Di–Sa
- King oder Union
- Straßenbahn King St und Front St
- ja
- frei
- St James' Cathedral ► 54

Leckerbissen: Unter dem vielfältigen Angebot stechen die Spezialitäten einiger Stände besonders hervor: Bei Sausage King finden Sie mehr als zehn Salamisorten, darunter ungarische, außerdem Bierwurst oder Schwarzwälder Schinken. Sie alle schmecken vorzüglich zu einem Brot aus der Carousel Bakery. Oder Sie entscheiden sich für einen Erbsenschinken zum Frühstück (der Schinken ist umhüllt von einer Rinde aus zermahlenen, getrockneten Erbsen). Bei Manos Deli gibt es Pastrami, Corned beef, Debreziner auf Fladen mit reichlich Kraut, Gewürzen und Senf. Riesige Käseräder liegen bei Alex Farm, vorhanden ist alles von Stilton bis Camembert. Wenn Ihnen der Sinn nach Meeresfrüchten steht, schauen Sie bei Gus Seafood nach Krabbensalat, Garnelen, Tintenfisch, Oktopus und Hering. Jedes Picknick läßt sich von Schokoladencremetorten und Pasteten aus der Future Bakery versüßen. Und warum nicht zusätzlich noch einige Quebec-Fleischterrinen bei Scheffer's Deli mitnehmen – Kaninchen mit Pistazien, Wildschwein auf Aprikose, Fasan mit Pilzen – oder Pasteten wie Gänseleber, Wild oder Garnelen-Hummer? Für Ihre große Festivität gibt es im Tiefparterre Caviar Direct und andere Spezialitäten, darunter allein 33 verschiedene Reissorten bei Rubes.

Frisch auf den Tisch: Der Besuch dieser historischen Markthalle ist an jedem Tag ein Fest, doch an Samstagen besonders lohnend. Die Farmer des Umlands bauen dann ihre Stände mit Frischgemüse in einem Gebäude gegenüber auf.

25 TOP-ATTRAKTIONEN

ONTARIO SCIENCE CENTRE

Eine der ersten und immer noch eine der besten ihrer Art – das Science Center als Brücke ins 21. Jahrhundert. Erwachsene und Kinder spielen sich durch die Zonen und lernen, indem sie sich mit mehr als 800 interaktiven Exponaten befassen.

High-Tech: Das faszinierende Science Centre gliedert sich in zwölf Säle. Lauschen Sie dem menschlichen Herzschlag, oder schicken Sie eine Sonde in der Space Hall ins All. In der Sport Hall werden Sportarten und deren Techniken erklärt; in der Information-Highway-Zone läßt es sich im Net surfen. Die Communication Hall widmet sich dem Menschen, hier kann man Gedächtnis, Intelligenz und Kooperationsbereitschaft testen. »Sie sind, was Sie essen«: Den Beweis kann man in der Food Hall sehen. Eine Wetterstation und ein Seismograph, mit dem Sie ein Mini-Erdbeben messen können, gehören zu den Attraktionen in der Earth Hall. In der Technology/Transportation-Zone gibt es ein funktionsfähiges Modell der ersten Dampfmaschine und eine »bionische Frau«; in der Matter, Energy und Change Zone können Sie sich in Infrarot sehen. Die Science Arcade erklärt Naturerscheinungen, während es in Question of Truth um den Einfluß geht, den Vorurteile, Rassismus und Sexismus auf die Wissenschaft haben; Living Earth konzentriert sich auf Ökologie. Überall gibt es regelmäßig Demonstrationen – unter anderem zur Elektrizität.

Omnimax: Die andere große Attraktion des Museums ist das Omnimax Theatre mit einer Kuppel-Leinwand von 24 Meter Durchmesser und Supra-Digital-Ton, bei dem man das Gefühl hat, mitten im Geschehen zu sitzen. Auf dem Rücken liegend schauen Sie auf eine Leinwand von zehnfacher IMAX-Größe.

HIGHLIGHTS

- Demonstrationen zur Elektrizität
- Starlab
- Laser-Demonstration
- Omnimax
- Science Arcade

INFOS

- nordöstlich vom Zentrum
- 770 Don Mills Rd, North York at Eglinton
- 416/696-3127 oder 429-4100
- Juni–Aug. tägl. 10–20 Uhr; Sept.–Jan. tägl. 10–17 Uhr (Mi bis 20 Uhr); Jan.–Mai tägl. 10–17 Uhr (Mi bis 20 Uhr, Fr bis 21 Uhr). Geschl. Weihnachten
- Restaurant (SS), Cafeteria
- Pape, dann Bus 25 nach Norden; Eglinton, dann Bus 34 nach Osten; Kennedy, dann Bus 34 nach Westen
- ja
- teuer

25 TOP-ATTRAKTIONEN

25

METRO ZOO

Die 5000 Tiere dieses Zoos nordöstlich der City genießen mehr Auslauf als in anderen zoologische Gärten. Selbst in ihren Gehegen finden die Zoobewohner eine Umgebung vor, die fast ihrem natürlichen Lebensraum entspricht.

HIGHLIGHTS

- Zoo-Pavillons, besonders Edge of Night im Australasia Pavilion
- Sibirische und Sumatra-Tiger
- Leoparden
- Trompeterschwan
- Fahrt mit dem Zoomobil (saisonal)
- Raubvogel-Schauveranstaltungen
- Fütterungen der Fischottern, Eisbären, Seehunde etc.
- Touchtables in den Pavillons
- Kamel- und Ponyreiten
- Treffen mit Tierwärtern

INFOS

- nordöstlich vom Zentrum
- 361A Old Finch Ave, Meadowvale Rd, Scarborough
- 416/392-5900
- Frühjahr/Herbst Mo–Fr 9–17.30 (18.30 an Wochenenden). Sommer tägl. 9–19.30. Winter tägl. 9.30–16.30. Geschl. 25 Dez.
- Zwei Schnellimbiß-Läden und vier Snackbars (SS), außerdem Picknick-Tische
- Kennedy, dann Scarborough-Bus 86A nach Osten
- ja
- teuer

Australien und Ozeanien, Eurasien und Amerika: Das nach dem Vorbild des Zoos in San Diego gestaltete 287 Hektar große Gelände gliedert sich in vier Regionen mit pyramidenförmigen Pavillons und jeweils anschließendem Freigelände. Die Habitate aller Pavillons entsprechen in Klima, Flora und Fauna den jeweiligen Lebensräumen. Im australischen Pavillon leben Wombats, Eisvögel, Tasmanische Beuteltiere, Koalas, Kängurus, Wallabys und Emus. In den Außenanlagen der Eurasienabteilung sind Sibirischer Tiger, Schneeleopard und Yak beheimatet (hier gibt es auch Kamelritte). Zu den furchteinflößenden Tieren im America Pavilion zählen Alligatoren, Schwarze Witwen, Boas, Mohave-Wüstenklapperschlangen und Taranteln; im Freigelände leben Eisbären, und in der Nähe, am nachempfundenen Maya-Tempel, sieht man Jaguars und Scharen von Flamingos.

Afrika und der Indo-Malaiische Archipel: Affen schwatzen im Africa Pavilion, sie teilen sich ihren Lebensraum mit ägyptischen Fledermäusen, Zwergflußpferden, Warzenschweinen, Pythons und Riesenschildkröten. Im Freigelände leben Zebras, Löwen, Giraffen, Strauße, Leoparden, Hyänen, Elefanten, afrikanische Rhinozerosse und Antilopen. Orang-Utans und Gibbons sorgen im Indo Malaya Pavilion mit Nashornvögeln und Pythons für Unterhaltung. In der Nähe leben Sumatra-Tiger, Rhinozerosse, Makaken und im Malayan Woods Pavilion Leoparden. In der kanadischen Zone haben eine große Bisonherde, Grizzlybären, Wölfe und Pumas ihren Lebensraum.

TORONTO
Sehenswürdigkeiten

Stadtviertel	50
Moderne Gebäude	52
Historische Gebäude	53
Museen & Refugien	54
Sport: Zuschauer & Aktive	55
Grünanlagen	56
Attraktionen für Kinder	57
Galerien	58
Kunst im Freien	59
Gratis-Attraktionen	60

SEHENSWÜRDIGKEITEN

STADTVIERTEL

The Beaches: Schaufenster

Leben in Chinatown

> **Siehe 25 TOP-ATTRAKTIONEN:**
> **HARBOURFRONT ➤ 42**
> **KENSINGTON MARKET ➤ 31**
> **THE TORONTO ISLANDS ➤ 45**
> **UNIVERSITY OF TORONTO ➤ 33**

THE ANNEX
In diesem an die Universität grenzenden Viertel (von Avenue Road bis Bathurst, Bloor und Dupont Road) liegen die Häuser (zwischen 1880 und 1920 entstanden) von Professoren und Journalisten. Die Anwohner unterstützten die Opposition gegen den Spadina Expressway, der Downtown durchschnitten hätte. An der südlich angrenzenden Bloor Street reihen sich die Cafés aneinander.

✚ H5–6, J5–6   Ⓢ St George, Spadina

THE BEACHES
Der Distrikt am Ende der Queen Street wird von Familien mit Kleinkindern bevorzugt, die sich von der Kleinstadtatmosphäre des Viertels, der Promenade entlang dem See und von den attraktiven viktorianischen Häusern an schattigen Straßen angezogen fühlen. Kuriose Läden, Restaurants und Antiquitätenläden steigern den Reiz der Hauptstraße.

✚ östlich vom Zentrum   🚍 Straßenbahn Queen St East

CABBAGETOWN
Dieses Viertel mit viktorianischen Häusern (zwischen Wellesley und Dundas St. östlich der Sherbourne St), von Hugh Garner einst als größter angelsächsischer Slum Nordamerikas bezeichnet, ist heute eine gehobene Wohnlage. Der Name stammt wahrscheinlich aus der Zeit, als die frühen irischen Immigranten in ihren Vorgärten Kohl anbauten.

✚ L7   🚍 Straßenbahn Dundas, Wellesley oder Carlton St

CHINATOWN
In Chinatown, entlang der Dundas und Spadina, herrscht Tag und Nacht Betrieb. An den Ständen, die grünen Senf, *bok choy*, frische Krabben, lebende Fische feilbieten und in Kräuterläden, die mit »Beruhigungstees« und Ginseng für hunderte von Dollar pro Unze handeln, wird eingekauft. Das Geschäft beherrschen heute Thais und Vietnamesen.

✚ H7   Ⓢ St Patrick   🚍 Straßenbahn Dundas St

SEHENSWÜRDIGKEITEN

THE DANFORTH
Das Griechenviertel (▶ 18) östlich der Bloor Street hat sich zum Eldorado des Nachtlebens in Toronto gemausert. Man trifft sich in den Patios der zahlreichen Bars und Restaurants am Straßenrand. Ein richtiges Nachtmilieu. Tagsüber gibt es in den Geschäften griechische Spezialitäten.
🚇 N6 🚉 Chester, Pape

LITTLE ITALY
Ein pulsierendes Klein-Italien liegt an der College Street zwischen Euclid und Shaw Road (▶ 18), wo auf den Laternen neonfarbige Italienkarten prangen. Traditionelle Cafés mit zischenden Espresso- und Cappuccinomaschinen liegen neben den fashionable Mode-Cafés. Nachts geht es hier lebhaft zu.
🚇 G7 🚋 Straßenbahn College St

QUEEN STREET WEST
Das Viertel der etwas Abgehobeneren. Hier begann die Kabarettistin Holly Cole ihre Karriere, und Bamboo machte Reggae and Salsa populär. An dieser Straße zwischen Simcoe and Bathurst Street haben die kanadischen Jungdesigner ihre Kleiderboutiquen, liegen Antiquariate, Trödelläden, Geschäfte mit Fabrikverkauf – ein bunter Mix in trauter Nachbarschaft in einem funky Viertel.
🚇 H8–J8 🚉 Osgoode 🚋 Straßenbahn Queen St West

ROSEDALE
Die vornehmste Villengegend Torontos, in der die Reichen und Einflußreichen in großen Luxusvillen residieren.
🚇 K5 🚉 Rosedale

YORKVILLE
Dieses einstige Dorf außerhalb der Stadt wandelte sich in den 60er Jahren zu Torontos Haight Ashbury und dann in die mondäne Shoppingmeile von heute. Hier sind alle Designermarken in Hazelton Lanes, entlang der Yorkville Avenue und an Bloor und Cumberland Street vertreten.
🚇 J6 🚉 Bloor-Yonge, Bay

Underground Toronto
Im Winter wissen die Torontonians die 10-km-Tunnelstadt mit 1100 Geschäften und Cafés zu schätzen. Sie können unterirdisch von der U-Bahn-Station Queen Street etwa zur Union Station und zum BCE Building über zahlreiche Plätze gelangen. Ähnliche unterirdische Straßennetze gibt es um Bloor und Yonge Street.

Yorkville

SEHENSWÜRDIGKEITEN

MODERNE GEBÄUDE

Siehe 25 TOP-ATTRAKTIONEN:
CITY HALL ➤ 43
CN TOWER ➤ 36
ONTARIO PLACE ➤ 28
ONTARIO SCIENCE CENTRE ➤ 47
SKYDOME ➤ 35

Raymond Moriyama

Raymond Moriyama (geb. 1929) fand bei seiner Architektur gelungene Lösungen für den begrenzten Platz und wurde dabei immer der gewachsenen Umgebung des Neubaus gerecht. Bei der Konzeption des Ontario Science Centre beispielsweise berücksichtigte er die tiefe Senke und den Baumbestand; das Bata Shoe Museum wurde zu einem perfekten »Container« für die Schuhsammlung, der sich dennoch gut in die Umgebung einfügt.

BCE BUILDING
Formvollendet ist die einem Walmaul gleichende Ladenpassage, und brillant gelöst wurde die Einbeziehung der historischen Fassade des alten Bankhauses gegenüber in die Gesamtarchitektur.
✚ J9 ✉ 181 Bay St und Front St ☎ 416/364-4693 ⓘ tägl.
🍴 Restaurants und Lebensmittelmarkt Ⓜ Union ♿ ja 💲 frei

EATON CENTRE
Wenn Sie von Süden kommen, sehen Sie die ganze Schönheit der 264 Meter langen Passage und die Skulptur der 60 Kanadagänse.
✚ J8-K8 ✉ Dundas und Yonge bis Queen und Yonge ☎ 416/598-8700
ⓘ Mo–Fr 10-21 Uhr, Sa 9.30–18 Uhr, So 12–17 Uhr 🍴 Restaurants und Lebensmittelmarkt Ⓜ Dundas oder Queen ♿ ja 💲 frei

MASSEY COLLEGE
1960–63 nach einem Entwurf von Ron Thom erbaut; die einer Ziehharmonika ähnelnden Mauern umschließen den Block mit Brunnen.
✚ J6 ✉ 4 Devonshire Pl Ⓜ Queen's Park 💲 frei

METROPOLITAN LIBRARY
Der Architekt Raymond Moriyama erstellte einen lichtdurchfluteten Bau mit Pool und Wasserfall als geräuschschluckendes Element.
✚ K6 ✉ 789 Yonge Street ☎ 416/393-7000
ⓘ Sommer: Mo–Do 9–20 Uhr, Fr 9–18 Uhr, Sa 9–17 Uhr. Winter: Mo–Do 9–21 Uhr, Fr 9–18 Uhr, Sa 9–17 Uhr, So 13.30–17 Uhr Ⓜ Bloor-Yonge ♿ ja 💲 frei

ROYAL BANK PLAZA
Die quirlige Lebendigkeit im Sommer ist atemberaubend; auch im Winter ist der Platz noch voller Leben.
✚ J9 ✉ Front und Bay St 🍴 Restaurants, Cafés Ⓜ Union ♿ ja 💲 frei

Die Roy Thomson Hall

ROY THOMSON HALL
Eine Mischung aus Pilz und fliegender Untertasse, überspannt von einem tagsüber reflektierenden, nachts durchscheinenden Glasdach.
✚ J8 ✉ 60 Simcoe St ☎ 416/593-4828 Ⓜ St Andrew ♿ ja 💲 frei

SEHENSWÜRDIGKEITEN

HISTORISCHE GEBÄUDE

Siehe 25 TOP-ATTRAKTIONEN:
CASA LOMA ➤ 30
FORT YORK ➤ 29
THE GRANGE ➤ 38
ONTARIO PARLIAMENT BUILDINGS ➤ 41
ST LAWRENCE MARKET ➤ 46
UNIVERSITY OF TORONTO ➤ 33

Unten: Campbell House

CAMPBELL HOUSE
Das 1822 errichtete Haus des Loyalisten und Gerichtspräsidenten Sir William Campbell.
✚ J8 ✉ 160 Queen St West ☎ 416/597-0227
⊙ Sommer nur Mo–Fr 9.30–16.30 Uhr, Sa–So 12–16.30 Uhr
Ⓢ Osgoode ♿ ja 💲 mittel

COLBORNE LODGE
Das 1836/37 erbaute Regency-Landhaus und dessen Ländereien kamen 1873 an die Stadt; so entstand der High Park (➤ 56).
✚ C7 ✉ High Park ☎ 416/392-6916 ⊙ Di–So 12–17 Uhr
Ⓢ High Park 🚋 Straßenbahn Humber 501 ♿ nein 💲 preiswert

MACKENZIE HOUSE
Das bescheidene Ziegelhaus erwarben Freunde für den ersten Bürgermeister Torontos und Führer des Aufstands von 1837, William Mackenzie, der es 1859-61 bewohnte.
✚ K8 ✉ 82 Bond St ☎ 416/392-6915 ⊙ Sa–So 12–17 Uhr.
Sommer nur Mo–Fr 9.30–16 Uhr Ⓢ Dundas ♿ ja 💲 preiswert

OLD CITY HALL
Im massiven, romanisierenden Bau von E. J. Lennox tagt heute das Provinzialgericht.
✚ J8 ✉ 60 Queen St West ⊙ Mo–Fr 9–17 Uhr Ⓢ Queen ♿ ja
💲 frei

OSGOODE HALL
In diesem Bau (1829) mit elegantem Interieur und bedeutender Porträt-und Skulpturensammlung ist die Anwaltskammer Ontarios untergebracht.
✚ J8 ✉ 130 Queen St West ☎ 416/947-3300
⊙ Führungen nur Juli–Aug. Mo–Fr 13, 13.20 Uhr
Ⓢ Osgoode ♿ ja 💲 frei

SPADINA HOUSE
Im 1866 erbauten Haus sind Originalmobiliar und Gasbeleuchtung sowie viele Ausstattungsstücke zu sehen.
✚ H5 ✉ 285 Spadina Rd ☎ 416/392-6910
⊙ April–Mai, Sept. Di–Fr 12–16 Uhr, Sa–So 12–17 Uhr.
Juni–Aug. tägl. 12–17 Uhr. Jan.–März So–So 12–16 Uhr
Ⓢ Dupont ♿ ja 💲 mittel

E. J. Lennox (1855-1933)
Edward James Lennox wurde in Toronto geboren und studierte Architektur am Mechanics' Institute. Als Architekt prägte er stark das Erscheinungsbild der Stadt; er entwarf die Old City Hall (1889), den Westflügel der Provincial Parliament Buildings (1910) und die Casa Loma (1914).

Oben: Spadina House

SEHENSWÜRDIGKEITEN

MUSEEN & REFUGIEN

> Siehe 25 TOP-ATTRAKTIONEN:
> BATA SHOE MUSEUM ➤ 32
> GEORGE R GARDINER MUSEUM ➤ 40
> ONTARIO SCIENCE CENTRE ➤ 47
> ROYAL ONTARIO MUSEUM ➤ 39

MARINE MUSEUM OF UPPER CANADA
Ein Museum über den Hafen, den See, Seeleute und Schiffe, die ihn befuhren. Im Sommer können Sie den Schlepper *Ned Hanlan* (1932) besichtigen.
✚ F9 ✉ Exhibition Place ☎ 416/392-1765 ⓘ Di–Fr 10–16 Uhr, Sa–So 12–17 Uhr 🚇 Bathurst, dann Straßenbahn 511 ♿ ja 💲 preiwert

Ned Hanlan, *ein Schlepper im Marine Museum*

MOUNT PLEASANT CEMETERY
Besuchen Sie die Grabstätten des Pianisten Glenn Gould, der Insulin-Entdecker Banting und Best sowie des Premiers Mackenzie King. Sehenswert sind auch die Mausoleen der Familien Massey und Eaton.
✚ K3-L3 ✉ 1643 Yonge St oder 375 Mt Pleasant Rd ☎ 416/485-9129 ⓘ tägl. 8 Uhr–Dämmerung 🚇 St Clair ♿ ja 💲 frei

MUSEUM FOR TEXTILES
Ein kleines Museums-Schmuckstück mit wechselnden Ausstellungen. Textilien und Wandbehänge, auch aus Tibet und Indonesien.
✚ J8 ✉ 55 Centre Ave ☎ 416/599-5321 ⓘ Di–Fr 11–17 Uhr (Mi bis 20 Uhr), Sa–So 12–17 Uhr 🚇 St Patrick ♿ ja 💲 mittel

THE NECROPOLIS
Hinter dem Torweg und der neugotischen Kapelle liegt ein 6 Hektar großes geweihtes Areal, in dem bekannte Persönlichkeiten ruhen, darunter William Lyon Mackenzie und der Ruderer Ned Hanlan.
✚ L7-M7 ✉ 200 Winchester St an der Sumach St ☎ 416/923-7911 ⓘ tägl. 8 Uhr–Dämmerung 🚇 Castle Frank ♿ ja 💲 frei

Zwei Universitäts-Kunstgalerien

Im University of Toronto Art Centre (✉ 15 King's College Circle (☎ 416/978-1838) ist die Lilian Malcove Medieval Collection untergebracht, unter anderem mit *Adam und Eva* (1538) von Lucas Cranach und Zeichnungen von Picasso, Klee und Matisse. Das Hart House mit der Justina M Barnicke Art Gallery beherbergt eine Sammlung zeitgenössischer kanadischer Kunst (✉ 7 Hart House Circle ☎ 416/978-8398).

ST JAMES CATHEDRAL
Der heutige Bau wurde 1874 beendet, doch stand an dieser Stelle bereits die älteste Holzkirche Yorks. Bemerkenswert an der schönen Innenausstattung ist das Tiffany-Fenster im Nordostflügel in Erinnerung an William Jarvis.
✚ K8 ✉ 65 Church St an der King St ☎ 416/364-7865 🚇 King ♿ ja 💲 frei

St James Cathedral

SEHENSWÜRDIGKEITEN

Sport: Zuschauer & Aktive

**Siehe 25 TOP-ATTRAKTIONEN:
SKY DOME STADIUM ► 35**

BASEBALL – THE BLUE JAYS
Sieger der World Series 1992 und 1993, das Team begeistert in jeder Saison 4 Millionen Fans.
☩ H9 ✉ 1 Blue Jays Way, Suite 3200
☎ 416/341-1000 (Tickets 341-1234)
🚇 Union 💰 sehr teuer

BASKETBALL – THE RAPTORS
Der purpurne Dinosaurier überall in der Stadt ist das Maskottchen des neuen Torontoer Basketball-Teams der Raptors, die im Sky Dome spielen.
☩ H9 ✉ 20 Bay St, Suite 1702
☎ 416/214-2255 🚇 Union 💰 sehr teuer

KANU, KAJAK, SEGELN
Im Harbourside Boating Centre (✉ 283 Queens Quay West ☎ 416/203-3000) kann man Segel- und Motorboote mieten und Segelkurse belegen. In der Harbourfront Canoe and Kayak School (✉ 283A Queens Quay West ☎ 416/203-2277) gibt es Kajaks und Kanus zu mieten, ebenso Kanus, Ruder- und Tretboote auf den Toronto Islands.

RADFAHREN
Toronto hat 80 Kilometer Radwege. Der Martin Goodman Trail umrundet das Seeufer. Fahrräder kann man sich überall, auch auf den Inseln, leihen.

GOLF
Die Bell Canadian Open werden am Labour-Day-Wochenende (1. Montag im September) im Glen Abbey Golf Club in Oakville ausgetragen. Zwei lohnende Plätze: Humber Valley (☎ 416/392-2488) und Tam O'Shanter (☎ 416/392-2547).

EISHOCKEY – THE MAPLE LEAFS
Im Maple Leaf Gardens lassen die Kanadier ihren Gefühlen freien Lauf. Tickets sind jedoch fast überhaupt nicht zu ergattern.
☩ K7 ✉ 60 Carlton St ☎ 416/977-1641 🚇 College 💰 sehr teuer

EISLAUFEN
Im Winter zieht es die Bewohner auf die Eisbahn vor der City Hall, zur Harbourfront oder zum Grenadier Pond im High Park mit Feuer und Kastanienrösterei.

Die Blue Jays im Sky Dome

Dreimal Sportliches

1. Basketball wurde, was immer man auch erzählt, vor etwas mehr als 100 Jahren vom Kanadier James A. Naismith aus Almonte in Ontario erfunden.

2. Babe Ruth bestritt sein erstes Baseball-Profispiel am 15. September 1914 im Hanlan's Point Stadium auf den Toronto Islands, bevor ihm der große Durchbruch gelang.

3. Lacross, ein hockeyähnliches Ballspiel, nicht Eishockey, ist Kanadas Nationalsport.

SEHENSWÜRDIGKEITEN

GRÜNANLAGEN

> **Siehe 25 TOP-ATTRAKTIONEN:**
> **METRO ZOO ➤ 48**
> **ROYAL BOTANICAL GARDENS ➤ 24**

ALLAN GARDENS
Das Glaskuppel-Palmenhaus nach dem Vorbild von Kew erstrahlt noch immer in viktorianischem Glanz.
🗺 K7 ✉ zwischen Jarvis, Sherbourne, Dundas und Gerrard St
☎ 416/392-7259 🕐 tägl. Ⓜ College ♿ ja 💲 frei

Frühlingsblumen in den Edwards Gardens

EDWARDS GARDENS
Die ruhige Gartenanlage ist im Frühjahr und Sommer, besonders zur Rhododendronblüte, beliebt. Führungen ab Civic Garden Centre.
🗺 nordwestlich vom Zentrum ✉ Lawrence Ave und Leslie St ☎ 416/397-1340 🕐 bei Tageslicht Ⓜ Eglinton, dann Bus nach Leslie oder Lawrence ♿ ja 💲 frei

HIGH PARK
Dieser 160-Hektar-Park ist eine Spielwiese: Grenadier Pond wird im Winter zur Eisbahn, im Sommer fährt man Rad, joggt, schlendert, picknickt, schwimmt im Pool oder trägt Spiele aus auf den Sportplätzen.
🗺 C6-7 ✉ Bloor St West und Parkside Drive ☎ 416/392-1111
🕐 bei Tageslicht 🍴 Snackbars Ⓜ High Park ♿ ja 💲 frei

KORTWRIGHT CENTRE FOR CONSERVATION
162-Hektar-Schutzgebiet im Humber River Valley: 18 Kilometer Pfade, Führungen, Ausstellungen etc.
🗺 nordwestlich vom Zentrum ✉ In Vaughan ☎ 416/661-6600
🕐 tägl. 10–16 Uhr. Geschl. 24./25. Dez. 🍴 Café ♿ ja 💲 frei

QUEEN'S PARK
Der Park erstreckt sich vor und hinter den Regierungsbauten. Das Areal um die Gebäude ist mit Standbildern von Berühmtheiten der Lokalgeschichte geschmückt.
🗺 J6 ✉ College St und Avenue Rd 🕐 tägl. Ⓜ Queen's Park
♿ ja 💲 frei

TOMMY THOMPSON PARK
In dem auf einer künstlichen Halbinsel im Lake Ontario gelegenen Park nisten 29 Vogelarten. Ornithologische Führungen werden an Wochenenden und in den Sommerferien angeboten.
🗺 südöstlich vom Zentrum ✉ Ende der Leslie Street am Hafen
☎ 416/661-6600 🕐 Wochenende und Feiertage 9–18 Uhr. Geschl. 25./26. Dez. u. 1. Jan. 🚌 Leslie und Commissioners Street, dann kostenloser Shuttlebus ♿ ja 💲 frei

---

Die Talauen

In Toronto wurden 21 Talauen für die Öffentlichkeit angelegt. Die bewaldeten und von Wasserläufen durchzogenen Areale bieten vielen Tieren Lebensraum und den Besuchern die Möglichkeit, Vögel zu beobachten. In der Glen Stewart Ravine, von der Kingston und Glen Manor Road nach Süden zur Queen Street East, kann man auf dem Naturpfad Kardinäle, Meisen, Ammern und viele andere Arten sehen.

SEHENSWÜRDIGKEITEN

Attraktionen für Kinder

Siehe 25 TOP-ATTRAKTIONEN:
ART GALLERY OF ONTARIO ➤ 37
BLACK CREEK PIONEER VILLAGE ➤ 2)
CANADA'S WONDERLAND ➤ 26
CN TOWER ➤ 36
FORT YORK ➤ 29
HARBOURFRONT ➤ 42
HOCKEY HALL OF FAME ➤ 44
METRO ZOO ➤ 48
ONTARIO PLACE ➤ 28
ONTARIO SCIENCE CENTRE ➤ 47
ROYAL ONTARIO MUSEUM ➤ 39
THE TORONTO ISLANDS ➤ 45

AFRICAN LION SAFARI
Kinder können im 200 Hektar großen Wildtier-Park Löwen, Tiger und andere Tiere beobachten, mit der African Queen oder Panoramabahn fahren, sich an Vorführungen und Spielplätzen freuen.
südwestlich vom Zentrum ✉ R R No 1, Cambridge, ON. Nehmen Sie den Hwy 401 bis Hwy 6 nach Süden ☎ 519/623-2620
Sommer: tägl. 10–17.30 Uhr. Frühling/Herbst: Mo–Fr 10–16 Uhr, Sa–So 10–17 Uhr. Geschl. Nov–April Cafeteria, Snackbar sehr teuer

PLAYDIUM
Interaktive Spiele und Simulatoren, Felswand-Klettern, Go-Kart-Bahn, IMAX-Theater.
westlich vom Zentrum ✉ 99 Rathburn Rd West, Mississauga ☎ 905/273-9000 Mo–Mi 11–22 Uhr, Do–Fr 11–24 Uhr, Sa 9–24 Uhr, So 9–22 Uhr Restaurant, Café Islington, dann Bus Nr. 20 ja Preise variieren

RIVERDALE FARM
Die Farm am Rand des Don-Valley-Tals ist bei den Kleinsten sehr beliebt.
L7-M7 ✉ 201 Winchester St ☎ 416/392-6794 tägl. 9–16, 17 oder 18 Uhr (je nach Jahreszeit) Straßenbahn Carlton frei

WILDWATER KINGDOM
Ein großer Wasserpark mit Wave-Pool, Rutschen, Riesen-Warmwasserbecken und Zyklon-Wellenreiten.
nordwestlich vom Zentrum ✉ Finch Ave, 1,5 km westl. von Hwy 427, Brampton, ON ☎ 416/369-0774 oder 9453 oder 905/794-0565
Mai–Mitte Juni, Sa–So 10–18 Uhr; Mitte Juni–Anfang Sept., tägl. 10–23 Uhr (Wasserrutsche bis 20 Uhr) 3 Restaurants ja sehr teuer

YOUNG PEOPLE'S THEATRE
Von Oktober bis Mai Stücke nach Dickens, C. S. Lewis und andere Geschichten.
K8-9 ✉ 165 Front St East, an der Sherbourne St ☎ 419/862-2222 (Kasse) oder 363-5131 (Verwaltung) Union ja Preise variieren

Tolle Unterhaltung
Die Stadt bietet ein erstaunliches Programm für Kinder. Viele Veranstaltungen finden an der Harbourfront statt, etwa die Cushion Concerts samstags nachmittags (für 5-12 Jahre), Kreativ-Sonntage, Tagescamps in den Ferien und das Milk International Children's Festival, ein siebentägiges Musik-, Tanz-, Theater- und Puppenspiel-Festival im Mai.

SEHENSWÜRDIGKEITEN

GALERIEN

Maske, Bay of Spirits Gallery

Spezialisten für Inuit-Kunst

Eskimo Art Gallery (✉ 12 Queen's Quay West ☎ 416/366-3000) führt hochwertige Inuit-Skulpturen ab 30 Dollar. Isaacs/Inuit Gallery (✉ 9 Prince Arthur Ave ☎ 416/921-9985) ist führend in Kunst aus der Arktis, Werken und Artefakten der kanadischen Ureinwohner. Feheley Fine Arts (✉ 45 Avenue Rd ☎ 416/323-1373) präsentiert und verkauft Inuit-Kunst seit mehr als 30 Jahren.

**Siehe 25 TOP-ATTRAKTIONEN:
HARBOURFRONT ➤ 42
UNIVERSITY OF TORONTO ➤ 33**

BAU-XI
Bilder, Skulpturen, Zeichnungen, Drucke von zeitgenössischen kanadischen Künstlern wie Jack Shadbolt und Hugh Mackenzie.
✚ H8 ✉ 80 Spadina Ave an der King St ☎ 416/977-0600 ⓘ Di–Sa 11–17.30 Uhr 🚋 Straßenbahn King St Spadina Ave frei

BAY OF SPIRITS GALLERY
Totempfähle, Masken, Drucke und Schmuck der Indianer der Pazifikküste.
✚ J9 ✉ 156 Front St West ☎ 416/971-5190 ⓘ Mo–Fr 10–18 Uhr, Sa–So 11–17 Uhr 🚋 Straßenbahn Front frei

DRABINSKY & FRIEDLAND
Diese alteingesessene Galerie präsentiert wichtige kanadische und amerikanische Skulpturen.
✚ J6 ✉ 122 Scollard St ☎ 416/324-5766 ⓘ Di–Sa 11–17 Uhr 🚇 Bay frei

GALLERY ONE
Seit 20 Jahren im Geschäft vertritt sie eine Vielzahl kanadischer (Jack Bush, Kenneth Lockhead, Joseph Drapell) und amerikanischer Künstler (Helen Frankenthaler, Kenneth Noland, Stanley Boxer).
✚ J6 ✉ 121 Scollard St ☎ 416/929-3103 ⓘ Di–Sa 10.30–17 Uhr 🚇 Bay frei

JANE CORKIN
Eine große Fotogalerie, die historische und zeitgenössische Fotografen ausstellt. Die meisten der rund 20 Künstler sind Kanadier.
✚ J8 ✉ 179 John St ☎ 416/979-1980 ⓘ Di–Fr 9.30–17.30 Uhr, Sa 10–17 Uhr 🚇 Osgoode frei

MIRA GODARD
Eine Galerie die Werke von Botero, Robert Motherwell, Frank Stella, Larry Rivers, David Hockney, Jasper Johns und Lawren Harris anbietet.
✚ J6 ✉ 22 Hazelton Ave ☎ 416/964-8197 ⓘ Di–Sa 10–17 Uhr 🚇 Bay frei

NANCY POOLE'S STUDIO
Auch ein Veteran in der Kunstszene und Aussteller von rund 25 zeitgenössischen Künstlern. Gute Einzel- und Gruppenausstellungen im Sommer.
✚ J6 ✉ 16 Hazelton Ave ☎ 416/964-9050 ⓘ Di–Sa 10–17 Uhr 🚇 Bay frei

KUNST IM FREIEN

**Siehe 25 TOP-ATTRAKTIONEN:
CITY HALL ➤ 43**

THE ARCHER
In der abstrakten Skulptur Henry Moores vor der City Hall, *The Archer*, manifestiert sich Festigkeit und Flexibilität, dargestellt durch die verschlungene Körperform.
J8 ✉ Nathan Phillips Square 🚇 Osgoode ✋ frei

GUILD INN
Das Guild Inn wird umrahmt von historischer Architektur, von der weißen Marmorfassade der Imperial Bank of Canada etwa. Auf der Veranda können Sie Brunch oder Cocktails einnehmen, oder gehen Sie zu den auf dem Gelände liegenden Scaborough Bluffs.
nordöstlich vom Zentrum ✉ 201 Guildwood Pkwy, Scarborough, ☎ 416/261-3331 🚇 Kennedy ✋ frei

METRO HALL
Das Gebäude fungiert als Galerie für rund 20 Werke einheimischer Künstler. Die Bilder, Stühle, Teppiche und Tische im 7. Stock können nur während einer Führung besichtigt werden.
J8 ✉ 55 John St ☎ 416/392-8674 🚇 St Andrew ✋ frei

FASSADENKUNST AM GOODERHAM BUILDING
Von Westen zum Gooderham- oder »Bügeleisen«-Haus (1892) kommend, stehen Sie vor der ungewöhnlichen, 1980 entstandenen Fassadenmalerei von Derek Besant. Interpretation beliebig!
K9 ✉ 49 Wellington St East Ecke Church St 🚇 Union ✋ frei

PASTURE AM TDC
Auf einem Hof nahe Aetna Centre stehen einige schwere Kühe von Joe Fafard auf der Weide und erinnern daran, daß Toronto seinen Reichtum ursprünglich den Farmern verdankt.
J9 ✉ Aetna Centre/TDC 🚇 King ✋ frei

PRINCESS OF WALES THEATRE
Wandkunst und andere Objekte des Interieurs von Frank Stella können nur von den Besuchern des zeitgenössischen Theaters besichtigt werden. Kostenlos ist die Betrachtung der Farbeffekte und der abstrakten Kunst an der hinteren Fassade.
J8 ✉ 300 King St West 🚇 St Andrew ✋ frei

»Wasserspeier« am Sky Dome
Die Wasserspeier ähnelnden Skulpturen am Sky Dome gestaltete Michael Snow, der auch den Gänseschwarm im Eaton Centre schuf. Die 15 unterschiedlichen Gestalten, Freude oder Verzweiflung ausdrückend, schmücken das Auditorium. Sie wurden mit einer wetterfesten Fiberglasschicht und einem bronzefarbenen Metallanstrich versehen.

Die Westfassade des Gooderham Building

SEHENSWÜRDIGKEITEN

GRATIS-ATTRAKTIONEN

> **Siehe 25 TOP-ATTRAKTIONEN:**
> **CITY HALL ➤ 43**
> **ONTARIO PARLIAMENT BUILDING ➤ 41**

Kostenlos!

Gärten, Parks, Märkte, Kirchen, Industriedenkmäler, Friedhöfe; einige Rundgänge, durch die Universität etwa, oder die Führungen des Toronto Historical Board. Im Sommer Baden im städtischen Bad oder Theateraufführungen im High Park. Besuch der Art Gallery of Ontario oder des Ontario Science Centre Mittwoch abends und des Royal Ontario Museum Dienstag abends.

CBC BUILDING

Im Atrium können Sie Reporter vor Mikrophonen beobachten und Techniker, die alles für die Übertragung vorbereiten. Das kleine, interessante Museum ist kostenlos. Spaß machen auch die Radio- und TV-Clips. Schließen Sie sich einer kostenlosen Führung durch die Studios und vielleicht die Kostümkammern an, in denen alles nach Zeit und Epochen geordnet ist ...

🚇 J9 ✉ 250 Front St West ☎ 416/205-8605 🕐 Führungen zu unterschiedlichen Zeiten 🍴 Cafeteria 🚉 Union ♿ ja

CHUM, CITY TV

Vom Stil des CBC ist dieser Sender weit entfernt. Torontos kompromißlose Medien-GMBH hat keine festen Studios: Kameras werden hingerollt, wo sie benötigt werden, auf Dächer, Flure, auch ins Freie. Mitwirkende werden auf der Queen Street rekrutiert. Bei diesem Sender können Sie jeden Ärger zur Primetime über den Äther schicken – wenn er interessant genug ist. Trotz dieser lockeren Atmosphäre müssen Sie sich für die sehr populären Führungen anmelden, die meist Monate vorher schon ausgebucht sind.

🚇 J8 ✉ 299 Queen St West ☎ 416/591-5757 🕐 Führungen zu unterschiedlichen Zeiten 🚉 Osgoode

TORONTO STOCK EXCHANGE

Von der Tribüne der Börse können Sie das Treiben auf dem Parkett beobachten. Nach den Führungen werden Fragen beantwortet.

🚇 J8 ✉ Exchange Tower, 2 First Canadian Place an King und York St ☎ 416/947-4670 🕐 wg. Führungen anrufen 🚉 King

RUNDGÄNGE DURCH WOHNVIERTEL

Die beste Unterhaltung findet man häufig unterwegs auf der Straße, wobei einige Viertel besonders interessant sind. Chinatown (➤ 50) ist exotisch, in der Queen Street West (➤ 51) wird es nie langweilig. Landschaftlich Schönes können Sie am See an der Harbourfront (➤ 42) oder an den Beaches (➤ 50) erleben. Ein Ausflug zu den Toronto Islands ist zwar nicht kostenlos, doch sehr billig und versetzt Sie auf eine Insel der Ruhe.

STRASSENBAHN FAHREN

Eine Straßenbahnfahrt kostet Sie nur 2 Dollar. Fahren Sie von einem Endpunkt zum anderen, unterwegs bekommen Sie großartige Eindrücke von der Stadt. Die interessantesten Linien führen durch die Queen, College und Dundas Street.

Reges Treiben auf der Dundas Street West

TORONTO
erleben & genießen

ESSEN & TRINKEN

Beliebt in den Stadtvierteln	62
Haute Cuisine	63
Essen im Freien	64
Kanadische Küche	65
Stilvoll speisen	66
Kaffee, Kuchen & Snacks	67
Internationale Küche	68

LÄDEN & MÄRKTE

Einkaufsviertel & Kaufhäuser	70
Antikes & Sammlerstücke	71
Kunsthandwerk & Schmuck	72
Bücher	73
Mode	74
Delikatessen & Haushaltswaren	75
Fun- & Designer-Kleidung	76
Präsente	77

UNTERHALTUNG & FREIZEIT

Musik, Tanz & Theater	78
Comedy, Dinner Theatre & Film	80
Rock, Reggae, Jazz & Blues	81
Diskotheken	82
Bars	83

ÜBERNACHTEN

Luxushotels	84
Mittelklassehotels	85
Preiswerte Hotels	86

ESSEN & TRINKEN

BELIEBT IN DEN STADTVIERTELN

Preise

Essen pro Person ohne Getränke

$ bis $ 30
$$ bis $ 50
$$$ bis $ 60

Noch mehr Favoriten

Cities Bistro (✉ 859 Queen St West ☎ 416/504-3762) und Taro Grill (✉ 492 Queen St West ☎ 416/504 1320) sind beide »in«; Grappa (✉ 797 College ☎ 416/535-3337) ist richtig italienisch; Messis (✉ 97 Harbord ☎ 416/920-2186) serviert norditalienische Speisen; Herbs (✉ 3187 Yonge ☎ 416/322-0487), ein Bistro, wie es sein soll. Alle Lokale haben eine gute Küche zu moderaten Preisen.

BARBERIAN'S ($$$)
Steaks in Tavernenatmosphäre, kanadisch dekoriert.
✚ J7 ✉ 7 Elm St ☎ 416/597-0225 ⏰ Mo–Fr mittags, tägl. abends 🚇 Dundas

KITKAT ($$)
Journalisten, TV- und Filmleute speisen hier Rippchen in Honig-Knoblauchsauce, Pasta und Hühnchen auf Zitrone in einem Katzen- und Filmposter-Panoptikum.
✚ H8 ✉ 297 King St West ☎ 416/977-4461 ⏰ Mo–Fr mittags, Mo–Sa abends 🚇 St Andrew

BRASSERIE LES ARTISTES ($)
Klassisches Bistro in Cabbagetown: Steaks mit Frites, Muscheln in Zwiebeltunke und Kalb mit feinen Kräutern.
✚ L7 ✉ 243 Carlton St beim Parliament ☎ 416/963-9433 ⏰ Di–Fr mittags, Mo–Sa abends 🚇 Carlton

BROWNE'S BISTRO ($$)
Die Betuchten aus Rosedale drapieren ihre Nerze auf den Stuhllehnen und speisen hier zu moderaten Preisen. Farbloses Interieur.
✚ K4 ✉ 4 Woodlawn Ave ☎ 416/924-8132 ⏰ Mo–Fr mittags, tägl. abends 🚇 Summerhill

LA BODEGA ($$)
Romantisches französisches Ambiente, frische Tagesspezialitäten: Wild, Fisch, Kalbfleisch in Calvados, Pfeffersteak. Konstante und faire Preise, Freiterrasse.
✚ J7 ✉ 30 Baldwin St ☎ 416/977-1287 ⏰ Mo–Fr mittags, Mo–Sa abends 🚇 St Patrick 🚋 Straßenbahn Dundas

LE SELECT ($$)
Preislich moderate Bistrogerichte. Spezialitäten: *Bavette aux échalotes* und *Canard confit*. Gemütliche Patio- und Jazz-Atmosphäre. Internationale Weinkarte.
✚ H8 ✉ 328 Queen St West ☎ 416/596-6405 ⏰ Mo–Do 11.30–23.30 Uhr, Fr–Sa 11.30–24 Uhr, So 12–22.30 Uhr 🚋 Straßenbahn Queen St West

PETER PAN ($$)
Art-déco-Nischen und -Atmosphäre. Moderne Küche mit asiatischen und karibischen Einflüssen.
✚ H8 ✉ 373 Queen St West ☎ 416/593-0917 ⏰ tägl. mittags u. abends 🚋 Straßenbahn Queen St West

SPIAGGIA ($$)
Kleines, legeres Bistro in The Beaches. Kurze Speisekarte, doch täglich wechselnd. Meist mehrere Pastas, Fisch- und Fleischgerichte.
✚ östl. vom Zentrum ✉ 2318 Queen St East ☎ 416/699-4656 ⏰ tägl. abends 🚋 Straßenbahn Queen St East

TRATTORIA GIANCARLO ($$)
Kleines, gemütliches Lokal in Little Italy. Beliebt wegen der Grillgerichte, phantastischen Pastas und Risottos.
✚ G7 ✉ 41–43 Clinton St beim College ☎ 416/533-9619 ⏰ Mo–Sa abends 🚋 Straßenbahn College St

ESSEN & TRINKEN

HAUTE CUISINE

AVALON ($$$)
Kreative Küche des jungen Top-Chefkochs Christopher McDonald. Klein, elegant, gemütlich.
✚ J8 ✉ 270 Adelaide St West Ecke John ☎ 416/979-9918 ⓘ Mi–Fr mittags, Di–Sa abends Ⓢ Osgoode, St Andrew

BOBA ($$$)
Einfallsreiche Küche mit fremdländischen Einflüssen (in Reispapier gehüllte Hühnchenbrust mit Gewürzreis und Wein-Essig-Sauce).
✚ J5 ✉ 90 Ave Rd ☎ 416/961-2622 ⓘ Mo–Sa abends Ⓢ Bay oder St George

CENTRO ($$$)
Zeitgenössische französisch-italienische Speisen köstlich zubereitet. ✚ K1 ✉ 2472 Yonge St ☎ 416/483-2211 ⓘ Mo–Sa abends Ⓢ Eglinton

LOTUS ($$$)
Höchste lukullische Freuden. Brillante europäisch-asiatische Gourmet-Mischungen von Susur Lee aus Hongkong, serviert in exklusiver Atmosphäre.
✚ G8 ✉ 96 Tecumseth St ☎ 416/504-7620 ⓘ Di–Sa abends Ⓢ Straßenbahn King St West

MERCER STREET GRILL ($$$)
Verführerische Speisen: etwa Thai-Riesengarnelen oder Muscheln mit Mangoröllchen in Orangen-Vinaigrette. Zum Dessert Schokoladen-Sushi!
✚ H8 ✉ 36 Mercer St ☎ 416/599-3399 ⓘ Mo–Fr mittags, tägl. abends Ⓢ King, St Andrew

NORTH 44 ($$$)
Einzigartig in der Vielfalt internationaler Gerichte (Lammrücken mit Pecansenf-Kruste in Zinfandel-Weinsauce etwa). Art-déco-Speiseraum, Weinbar im 1. Stock.
✚ K1 ✉ 2537 Yonge St ☎ 416/487-4897 ⓘ Mo–Sa abends Ⓢ Eglinton 🚌 97X

PRONTO ($$$)
Dinieren bei Kerzenlicht, hauptsächlich italienische, aber auch andere Speisen (glasierter Seebarsch auf Koriander und Orange in grüner Mangobutter beispielsweise).
✚ K2 ✉ 692 Mount Pleasant Rd ☎ 416/486-1111 ⓘ tägl. abends Ⓢ Eglinton

SCARAMOUCHE ($$$)
Das Traditionsrestaurant macht immer noch Schlagzeilen. Phantasievolle Zutaten, besonders diejenigen der Beilagen (Sautée von Karamel-Zwiebeln, Artischockenherzen, Auberginen, Lauch und geröstete Paprika zum Beispiel). Pastas.
✚ J4 ✉ 1 Benvenuto Place (nahe der Avenue Rd, südl. der St Clair) ☎ 416/961-8011 ⓘ Mo–Sa abends Ⓢ St Clair

TRUFFLES ($$$)
Torontos Spitzen-Hotelrestaurant, unlängst (verdient) zu einem der Top-Ten-Restaurants der Welt gekürt. Die Speisen sind stets frisch, ausgefallen und exquisit. Geradlinige, aber luxuriöse Atmosphäre.
✚ J6 ✉ Four Seasons Hotel, 21 Avenue Rd ☎ 964-0411 ⓘ Mo–Sa abends Ⓢ Bay

---

Weiteres für Gourmets

Eine Legende unter Torontos Küchenchefs, Jamie Kennedy, führt derzeit das Regiment im Royal Ontario Museum (▶ 39): exquisite Speisen mittags und abends. Bei Mark McEwan's Marketta (✉ 138 Avenue Rd ☎ 416/924-4447) gibt es Köstliches aus dem Mittelmeer. Der brillante Greg Couillard führt das Sarkis an der Richmond Street, Nähe Church Street. Neuere Restaurants: George Betak's Indulge (✉ 676 Queen St West ☎ 416/504-5514).

ESSEN & TRINKEN

Essen im Freien

Dinieren am Seeufer

Wollen Sie am Wasser speisen, bietet sich die Harbourfront an. Offene Terrassen haben Spinnakers und Boathouse Café am Queen's Quay. Bei Captain John's im Osten des Hafens kann man an Bord eines Kreuzers essen (☎ 416/363-6062), Richtung West-Quays zieht es Liebhaber von Fisch und Krustentieren: Whaler's Wharf (☎ 416/203-5865), Wallymagoo's Marine Bar (☎ 416/203-6248) und Pier 4 Storehouse (☎ 416/203 1440). Wollen Sie direkt am Seeufer essen, bringen Sie am besten ihr eigenes Picknick mit.

ALICE FAZOOLI'S ($$)
Draußen gibt es einen wärmenden Kamin, einen Brunnen und Gardenien, häufig treten Bands auf. Krabben, Vorspeisenbar und mehr als 50 offene Weine ziehen die Gäste ins Restaurant.
✚ H8 ✉ 294 Adelaide St West ☎ 416/979-1910 ⏰ Mo–Fr mittags, tägl. abends Ⓢ Osgoode, St Andrew

BAMBOO ($)
Das Club-Restaurant, das Salsa sowie andere karibische und lateinamerikanische Rhythmen in Toronto populär machte. Der Garten ist attraktiv, die Küche weniger.
✚ H8 ✉ 312 Queen St West ☎ 416/593-5771 ⏰ Di–Sa mittags, tägl. abends Ⓢ Osgoode

BIAGIO ($$)
Eines der attraktivsten Gartenlokale der Stadt mit Brunnen und Bildhauerarbeiten. Zudem hat es eine der besten italienischen Küchen Torontos.
✚ K8 ✉ 157 King St East ☎ 416/366-4040 ⏰ Mo–Fr mittags, Mo–Sa abends Ⓢ King 🚋 Straßenbahn King St East

BOULEVARD CAFÉ ($)
Großes, lebhaftes Outdoor-Restaurant. Peruanische Spezialitäten mit charakteristischen Speisen wie *empanadas* und *anticuchos*, sehr guter Brunch. Künstler- und Akademikertreff.
✚ H6 ✉ 161 Harbord St (zwischen Spadina Ave und Bathurst St) ☎ 416/961-7676 ⏰ Di–So mittags, tägl. abends Ⓢ Spadina 🚌 Bus 77X

IL POSTO ($$)
Speisen Sie richtig italienisch am York Square an Tischen unter einem ausladenden Ahorn: *penne alla puttanesca*, *saltimbocca alla romana* und Zabaglione.
✚ J6 ✉ 148 Yorkville Ave ☎ 416/968-0469 ⏰ Mo–Sa mittags u. abends Ⓢ Bay, Museum, St George

JUMP CAFÉ-BAR ($$)
Mit Blick auf den Commerce Court vom Garten aus speisen Sie multinational, ob Pizze, Pastas oder Hühnerbrust in Rosmarin, Honig und Balsamessig zubereitet.
✚ J8 ✉ 1 Wellington St West ☎ 416/363-3400 ⏰ Mo–Fr mittags, Mo–Sa abends Ⓢ King

ST TROPEZ ($$)
Tische auf einem gepflasterten Hof, überdacht von einer gestreiften Plane, Rankpflanzen an den Mauern. Bistro-Gerichte.
✚ H8 ✉ 315 King St West ☎ 416/591-3600 ⏰ Mo–Mi 11.30–23 Uhr, Do–Sa 11.30–24 Uhr Ⓢ St Andrew

SOUTHERN ACCENT ($$)
Restaurant, seit langem in in Markham Village, mit Zeltdach über dem gepflasterten Garten. Gumbo, Jambalaya, geräucherter Fisch und andere gewürzte Speisen aus Louisiana. Zum Nachtisch Brotpudding mit *Sauce bourbon*.
✚ G6 ✉ 595 Markham St ☎ 416/536-3211 ⏰ tägl. abends, mittags nur im Sommer Ⓢ Bathurst

ESSEN & TRINKEN

KANADISCHE KÜCHE

BLOOR STREET DINER ($)
Ideal für Shopper und Nachtschwärmer. Espressobar und Rôtisserie, in der es Fleisch, Geflügel, Fisch auf provençalische Art gibt und eine Café-Terrasse (erholsam im Sommer).
⊞ J6 ✉ 55 Bloor St West im Manulife Centre ☎ 416/928-3105 ⊙ tägl. 7–1 Uhr
Ⓜ Bay, Bloor-Yonge

CANOE ($$$)
Im 54. Stock des TDC Building. Einfallsreiche Küche mit kanadischen Zutaten (Digby-Muscheln, Alberta-Steaks, Grandview-Wildbret, Nordkanadische Waller).
⊞ J8-9 ✉ 66 Wellington St West ☎ 416/364-0054
Ⓜ Union

JOSO'S ($$)
Der frischeste Fisch in ganz Toronto nach Wahl von der Theke, gegrillt, gedämpft oder gekocht, so, wie er Ihnen am besten schmeckt. Die Calamari sind unübertroffen. Das erotische Dekor stammt vom Besitzer selbst, dem Sänger Joseph Spralja.
⊞ J5 ✉ 202 Davenport Rd (östlich der Avenue Rd) ☎ 416/925-1903 ⊙ Mo–Sa mittags u. abends Ⓜ Bay
🚌 Bus 6

MONTREAL ($$)
Québec-Spezialitäten: Erbsensuppe und *tourtière* (Fleischpastete), nebenan toller Jazz.
⊞ K8 ✉ 65 Sherbourne St (Ecke Adelaide) ☎ 416/363-0179 ⊙ Mo–Fr mittags, Mo–Sa abends Ⓜ Queen oder King
🚋 Straßenbahn Queen St

THE OLD MILL ($$)
Traditionslokal für Familien- und andere Feiern. Traditionelle Atmosphäre und Küche; täglich Tanztee mit Kapelle (Standards).
⊞ A5-6 ✉ 21 Old Mill Rd ☎ 416/236-2641 ⊙ Mo–Fr u. So mittags, tägl. abends
Ⓜ Old Mill

RODNEY'S OYSTER HOUSE ($$)
Ziemlich authentische Kneipe für Nova-Scotia-Meeresprodukte. Tip: Speisen roh und gekocht.
⊞ K8 ✉ 209 Adelaide East ☎ 416/363-8105 ⊙ Mo–Sa mittags u. abends Ⓜ King

SENATOR ($$)
Eingeführtes Prominentenlokal für herzhaftes Frühstück und Lunchspezialitäten (Fleischauflauf, Makkaroni, Leber mit Zwiebeln) im nostalgischen Speiseraum oder in grünen Kojen. Man kann auch Steaks im Mahagoni- und Spiegel-Speisesaal bekommen.
⊞ K8 ✉ 249 und 253 Victoria St ☎ 416/364-7517
⊙ Mo–Fr 7.30–20 Uhr, Sa 8–20.30 Uhr, So 8–15 Uhr, Steakhouse-Lunch Di–Fr, tägl. abends Ⓜ Dundas

SHOPSY'S ($)
Einer der wenigen Delikatessenläden in Toronto, in dem es große Pastrami-Sandwiches und gutes Corned beef gibt.
⊞ K9 ✉ 33 Yonge St ☎ 416/365-3333 ⊙ Mo–Mi 7–23 Uhr, Do–Fr 7–24 Uhr, Sa 8–24 Uhr, So 8–23 Uhr
Ⓜ Union

Einheimische Ontario-Weine

Seit Einführung der Appellation VQA (Vintners' Quality Alliance) 1988, hat sich die Qualität der Ontario-Weine enorm verbessert. Sie besitzen heute einen guten Ruf, und man findet sie unter den Spitzenweinen. Wählen Sie Cave Spring, Konzelmann, Stoney Ridge und die großen Namen Inniskillin, Château des Charmes und Hillebrand. Eiswein gehört zu Canadas international bekannten Spezialitäten, besonders zur Verfeinerung von Desserts.

ESSEN & TRINKEN

STILVOLL SPEISEN

Keine Kosten gescheut

Die Ausstattung des zweigeschoßigen Mövenpick Palavrion (✉ 270 Front St West ☎ 416/979-0060) kostete 6,5 Millionen Dollar und umfaßt unter anderem handbemalte Fliesen auf Böden und an Wänden, extravagante Beleuchtung und Trompe l'oeil-Kunst. Verführerische Auslagen mit Früchten, Gemüse, Pasteten und anderen Köstlichkeiten gibt es im Mövenpick Marché in der BCE Galleria (☎ 416/366-8986), wo die Gäste an Tischen unter künstlichen Bäumen speisen.

ACQUA ($$$)
Seestern-Intarsien im Boden, wasserberieselte Wände mit Metallfischen, gestreifte Pfähle zur Markierung der Plätze. Moderne italienische Küche (Schwertfisch gegrillt mit Pepperonata in Zitronen-Thymian-Kapern-Butter). Große Auswahl an Dessert-, Portwein und Grappa.
✚ J9 ✉ 10 Front St West ☎ 416/368-7171 ◷ Mo–Fr mittags, Mo–Sa abends 🚇 Union

AUBERGE DE POMMIER ($$$)
Eine französische Auberge in Toronto-Nord im Landhausstil. Speisen und Interieur sind exquisit, wenngleich etwas überspannt.
✚ nördl. vom Zentrum ✉ 416/4150 Yonge St bei York Mills ☎ 222-2220 ◷ Mo–Fr mittags, Mo–Sa abends 🚇 York Mills

GRANO ($$)
Hier herrscht rustikale italienische Atmosphäre. Die Tische leuchten senffarben und kirschrot, Wein kommt in Karaffen, Musik ertönt im Hintergrund. An der Theke gibt es mehr als 50 Antipasti, Pastas, Fleisch- und Fischgerichte wechseln täglich. Lockere Stimmung.
✚ K2 ✉ 2035 Yonge St ☎ 416/440-1986 ◷ Mo–Fr 10–22.30 Uhr, Sa bis 23 Uhr 🚇 Davisville

LEFT BANK ($$)
Schnitzereien und Gobelins – das Dekor könnte einem mittelalterlichen französischen Herrenhaus entstammen, doch die Küche ist modern (Lammrücken mit ofengetrockneten Tomaten in Oliven-Kapern-Juice zum Beispiel). Eine Treppe tiefer Billard- und VIP-Raum.
✚ H8 ✉ 567 Queen St West ☎ 416/504-1626 ◷ Di–Sa abends 🚋 Straßenbahn Queen St West

MILDRED PIERCE ($$)
Gastraum mit Baumwollvorhängen und Darstellungen eines römischen Banketts an den Wänden. Einfallsreiche Küche (Schweinelende mit Cabernet-Cassis-Sauce, gegrillter Lachs in Spargel-Limonen-Mayonnaise auf Tomaten-Estragon-Concassé).
✚ F8 ✉ 99 Sudbury St ☎ 416/588-5695 ◷ mittags u. abends 🚋 Queen St West bis Dovercourt

MYTH ($$)
Zahlreiche TV-Monitore, die Filme über griechische Mythen abspulen. Appetizer, Pizzas und Pastas.
✚ N6 ✉ 417 Danforth Ave ☎ 416/461-8383 ◷ Do–Sa 11.30–4 Uhr, So–Mi 11.30–2 Uhr 🚇 Chester

SPLENDIDO ($$)
Eine Explosion in Gelb in einem Lichtermeer, dazu Riesengobelins mit Sonnenblumen von Helen Lucas. Die internationale Küche (Pastas, Pizzas, gerösteter Kalbsrücken in Tomaten-Knoblauch-Sauce) zieht das Publikum an.
✚ H6 ✉ 88 Harbord St ☎ 416/929-7788 ◷ tägl. abends 🚇 Spadina

ESSEN & TRINKEN

KAFFEE, KUCHEN & SNACKS

BAR ITALIA ($)
Klassisch italienisch, oben Pool-Billard-Raum. Das Café unten ist nachts überfüllt mit jungen Leuten.
G7 ✉ 582 College St ☎ 416/535-3621 ⏰ tägl. 8–1 Uhr 🚋 Straßenbahn College St

CAFÉ DIPLOMATICO ($)
Nostalgie: Mosaik-Marmorböden, verschnörkelte Eisenstühle und eine herrliche Cappuccinomaschine. Eine Institution an Wochenenden!
G7 ✉ 594 College St ☎ 416/534-4637 ⏰ tägl. 8–1 Uhr 🚋 Straßenbahn College St

CAFFE DEMETRE ($)
Man strömt hierher wegen der belgischen Waffeln, der Fruchteiscreme, den Kuchen und der Baklava.
N6 ✉ 400 Danforth Ave ☎ 416/778-6654 ⏰ Mo–Do 14–1 Uhr, Fr–Sa 12–15 Uhr, So 12–1 Uhr 🚇 Chester

DAILY EXPRESS CAFÉ ($)
Ein Treffpunkt in Annex (bringt eine Stadtteil-Zeitung heraus), frequentiert von Studenten, Künstlern, Akademikern.
H6 ✉ 280 Bloor St West ☎ 416/944-3225 ⏰ Mo–Fr 7.30–24 Uhr, Sa–So 9–19 Uhr 🚇 St George

DUFFLET PASTRIES ($)
Riesenauswahl an Kuchen und Pasteten.
H8 ✉ 787 Queen St West ☎ 416/504-2870 ⏰ Mo–Sa 10–19 Uhr, So 12–18 Uhr 🚋 Straßenbahn Queen St West

EPICURE CAFÉ ($)
Mehr als ein Café, man kann auch Lunch oder Dinner bestellen. Doch die meisten sitzen an den Marmortischen bei Kaffee oder Tee und lauschen der Jazzmusik im Hintergrund.
H8 ✉ 512 Queen St West ☎ 416/363-8942 ⏰ tägl. 12–1 Uhr 🚋 Straßenbahn Queen St West

GYPSY COOP ($)
Kaffee, Tee und andere Getränke gibt es in diesem Hippie-Lokal der 60er Jahre.
G8 ✉ 815 Queen St West ☎ 416/703-5069 ⏰ tägl. 12–1 Uhr 🚋 Straßenbahn Queen St West

JUST DESSERT ($)
Rund 30 Desserts stehen zur Auswahl, darunter 8 verschiedene Käsekuchen, 10 Obstkuchen und andere Kuchen und Torten.
J6 ✉ 306 Davenport Rd ☎ 416/922-6824 ⏰ Mo–Fr 8–13 Uhr, Sa/So 9–2 Uhr 🚇 St George 🚌 Bus 6

SICILIAN ICE CREAM COMPANY ($)
Wohl jeder in Toronto schwört, daß es hier das beste Eis der Stadt gibt.
G7 ✉ 710–712 College St ☎ 416/531-7716 ⏰ Mo–Fr 8.30–24 Uhr, Sa 9–24 Uhr, So 11–24 Uhr 🚋 Straßenbahn College St

SOTTOVOCE ($)
Im smarten Milano-Kaffeehaus sitzt ein eher distinguiertes Publikum.
G7 ✉ 595 College St ☎ 416/536-4564 ⏰ Mo–Sa 12–1 Uhr 🚋 Straßenbahn College St

---

»Go home, Starbucks!«
Die Kanadier lieben ihren Kaffee, und in Toronto hat es immer zahlreiche Cafés mit Flair gegeben – Second Cup, Timothy's, Future Bakery & Café, Lettieri –, und dann kam der amerikanische Eindringling Starbucks. Als Starbucks das alteingesessene Dooney's an der Bloor Street übernehmen wollte, gab es Proteste, so daß der Besitzer den Pachtvertrag verlängern mußte.

ESSEN & TRINKEN

INTERNATIONALE KÜCHE

Essen mit Panoramablick

Das Canoe (➤ 65) im 54. Stock des TDC von Mies van der Rohe bietet einen Pseudo-New-York-Blick auf die umliegenden Wolkenkratzer. Vom Restaurant des Park Plaza (✉ 4 Avenue Rd ☎ 416/924-5471) und der Lounge sieht man das spektakuläre Downtown-Panorama. Im Scaramouche (➤ 63) gibt es Fensterplätze mit Blick auf die Skyline, der spektakulärste Blick bietet sich jedoch von der Höhe des CN Tower (☎ 416/362-5411).

MITTLERER OSTEN/ MITTELMEER

BYZANTIUM ($$)
Die hier servierten Speisen aus dem Mittleren Osten setzen Maßstäbe. Saftige Lamm-Kebabs, würzige Appetizers, frischer Fisch in Honig und Rosinen – serviert zwischen Mosaikimitationen und Kupfer. Erstaunliche Martiniauswahl (20 verschiedene) an der Bar.
✚ K7 ✉ 499 Church St ☎ 416/922-3859 🕐 tägl. abends 🚇 Wellesley

CHIADO ($$)
Anklänge an ein Lissabon-Bistro. Halten Sie sich an portugiesische Gerichte: marinierte Sardinen, poschierten Kabeljau und *natas do ceu*.
✚ F7 ✉ 864 College St (an der Concord Ave) ☎ 416/538-1910 🕐 Mo–Sa mittags u. abends 🚋 Straßenbahn College St

LA FENICE ($$)
Hochwertige Zutaten sind das Markenzeichen der Küche dieses von Geschäftsleuten bevorzugten Restaurants. Mehr als 18 Pastas, schmackhafte Kalbfleischgerichte und anderes.
✚ H8 ✉ 319 King St West ☎ 416/585-2377 🕐 Mo–Fr mittags, Mo–Sa abends 🚇 St Andrew

OUZERI ($$)
Athen-Flair! Nachts und an Wochenenden gut besucht und leger. Große Speisekarte mit Vorspeisen, kleinen Gerichten wie Oktopus, Sardinen in Senf, Kalamari, Krabben mit Feta und Wein, und andere griechische Spezialitäten; auch Tische im Freien
✚ N6 ✉ 500A Danforth Ave ☎ 416/778-0500 🕐 tägl. 12–3 Uhr 🚇 Danforth

PAN ON THE DANFORTH ($$)
Im Vergleich zu anderen Gyros-Lokalen gibt es hier typischere und schmackhaftere griechische Speisen. Rund 20 Appetizer führen die Karte an, gefolgt von bemerkenswerten Gerichten wie Lammlendchen mit Feigen-Orangen-Glasur. Moderne griechische Musik trägt zum Ambiente bei.
✚ N6 ✉ 516 Danforth Ave ☎ 466-8158 🕐 Mo–Sa abends 🚇 Pape

ASIATISCH

EMA-TEI ($$)
Bei Japanern beliebt, denn hier gibt es authentische japanische Gerichte, ob Appetizer oder frisches Sushi.
✚ J8 ✉ 30 St Patrick St ☎ 416/340-0472 🕐 Mo–Fr mittags, tägl. abends 🚇 Osgoode

INTERNATIONAL ($)
Das Dim-sum-Lokal Torontos, an Wochenenden überfüllt mit chinesischen Familien und deren Freunden. Man freut sich an der reichen Auswahl auf der großen Dim-sum-Karte. Auch für Sie ein preiswertes Fest!
✚ H8 ✉ 421 Dundas St West ☎ 416/593-0291 🕐 tägl. mittags u. abends 🚋 Straßenbahn Dundas St

ESSEN & TRINKEN

LAI WAH HEEN ($$$)
Ein angenehmer Treffpunkt und erstklassige Speisen aus der kantonesischen Küchentradition. Empfehlenswert sind hier: Haifischflossen-Suppe, Abalone oder andere Exotika. Auch Dim-sum-Karte.
J8 ✉ 110 Chestnut St im Metropolitan Hotel ☎ 416/977-9899 ◉ tägl. mittags u. abends Ⓜ Dundas, St Patrick

LEE GARDEN ($)
Ein alter Chinatown-Tip. Hier werden immer noch die besten Speisen aus Köstlichkeiten des Meeres serviert: Krabben mit grünen Zwiebeln und Ingwer, Krebse mit Paprika, Auberginen und Austern, Muscheln, Abalone. Es gibt auch Fleischgerichte, doch hierher geht man wegen der Fischgerichte.
H7 ✉ 331 Spadina Ave ☎ 416/593-9524 ◉ tägl. ab 16 Uhr Ⓢ Straßenbahn Dundas oder Bus 77X

MATA HARI ($)
Kokosnuß-Curries, stets frischer Fisch mit Saucen aus Limonenblättern, Chilis, roten Zwiebeln, Frühlingsrollen, Satays in einem hypermodernen Halogen-Ambiente.
J7 ✉ 39 Baldwin St ☎ 416/596-2832 ◉ Di–Fr mittags, Di–So abends Ⓜ St Patrick

NAMI ($$$)
Das hochelegante und sehr teure Lokal wird von japanischen Geschäftsleuten und deren Gästen besucht. Attraktionen: Sushi und Sashimi, garantiert frisch, und gediegenes Dekor.
K8 ✉ 55 Adelaide St East ☎ 416/362-7373 ◉ Mo–Fr mittags, Mo–Sa abends Ⓜ Queen oder King

TIGER LILY'S ($)
Sympathisches Nudelrestaurant mit sehr vernünftigen Preisen. Zur Lunch-Zeit eher Cafeteriaatmosphäre, Dinner mit Tischservice. Empfehlung unter anderem: Vietnamesische süß-saure Reisnudeln mit Fischgericht des Tages.
J8 ✉ 257 Queen St West ☎ 416/977-5499 ◉ tägl. mittags u. abends Ⓜ Osgoode Ⓢ Straßenbahn Queen St West

VANIPHA ($)
Ein Mini-Restaurant, in dem Spitzengerichte aus der Küche Thailands und Laos' serviert werden, u. a. gegrillter Fisch in Tamarinde-Sauce. Für Liebhaber von Klebreis.
H7 ✉ 193 Augusta Ave ☎ 416/340-0491 ◉ Mo–Sa mittags u. abends Ⓢ Straßenbahn College St

LATEINAMERIKANISCH

XANGO ($$)
Authentische lateinamerikanische Gerichte. *Ceviches* als Vorspeise, dann Gerichte aus Mittelamerika, Ecuador und Peru. *Chupe* aus Peru und *vaca frita* aus Argentinien zum Beispiel mit Feigen. Fliesenböden, Eisenstühle und intime Beleuchtung. Interessante südamerikanische und spanische Weine.
J8 ✉ 106 John St ☎ 416/593-4407 ◉ Di–Fr mittags, Mo–Sa abends Ⓜ St Andrew

---

Chinatown heute
Die Chinatown in Downtown wird heute vor allem von Vietnamesen und Thai beherrscht. Die Chinesen sind zumeist in Vororte wie Richmond Hill gezogen. Dort finden sich auch die besten Kanton-, Shanghai- und anderen chinesischen Regionalküchen-Restaurants, beispielsweise das Grand Yatt (✉ 9019 Bayview Ave ☎ 905/882-9388) und der Shanghai Garden (✉ 328 Hwy 7 East ☎ 905/886-3308).

LÄDEN & MÄRKTE

EINKAUFSVIERTEL & KAUFHÄUSER

Timothy Eaton

Timothy Eaton emigrierte 1854 aus Irland und gründete ein Geschäft in St Mary's, Ontario. 1869 eröffnete er in Toronto in der Yonge Street ein weiteres. Hier führte er neue Absatz- und Verkaufsstrategien ein: Festpreise, Ware nur gegen Bargeld, Umtausch und Versandhandel – damals eine Revolution. Die Gesellschaft ist immer noch gesund und Kanadas wichtigste Einzelhandelskette mit Häusern in jeder größeren Stadt.

THE BAY
Designer-Boutiquen und angenehme Kaufhausatmosphäre. Einkehren im SRO-Art-déco-Bar-Restaurant.
J8 ✉ 176 Yonge/Queen ☎ 416/861-9111 Ⓜ Queen

BLOOR STREET
Das kanadische Kaufhaus-Flaggschiff von Holt Renfrew. Läden der führenden Marken wie Chanel, Tiffany, Hermes und Lalique sowie die Geschäfte Gap, Body Shop, Marks & Spencer, Benetton liegen hier.
J-K6 Ⓜ Bloor, Yonge

COLLEGE PARK & ATRIUM ON BAY
Ersteres ist die gemütlichere Version des Eaton Centre mit 100, das zweite, kleinere hat nur 60 Läden.
J6-J7 Ⓜ College, Bay

EATON CENTRE/ EATON'S
Das Synonym für Kaufhaus in Kanada, die zwischen zwei Straßen liegende Shopping Mall mit mehr als 350 Läden auf drei Ebenen. Interessant ist die Eaton's-Parfümpassage.
J8 ✉ Yonge zwischen Dundas und Queen ☎ 416/598-2322 Ⓜ Dundas

HAZELTON LANES
In diesem Komplex liegen mehr als 85 Läden, alle Designermarken sind hier vertreten: Gianni Versace, Valentino, Fogal, Turnbull & Asser, Rodier, Ralph Lauren. Offenes Atrium für den Lunch.
J6 Ⓜ Bay

HOLT RENFREW
Das kanadische Gegenstück zu Saks. Designer-Boutiquen und alles, was das Herz begehrt.
J6 ✉ 50 Bloor St West ☎ 416/922-2333 Ⓜ Bloor, Yonge

MARKS & SPENCER
Ehrwürdiges britisches Kaufhaus, bekannt für seine fairen Preise bei Woll- und Baumwollartikeln, Lebensmittel.
J6 ✉ 50 Bloor St West ☎ 416/967-6674 Ⓜ Bloor-Yonge

QUEEN STREET WEST
Die selbstbewußte Shoppingmeile, in der Kanadas Jung-Designer den Ton angeben. Mode, alte Kleidung, Schuhe, Schmuck, Haushaltswaren – hier gibt es alles.
G-J8 Ⓜ Osgoode

QUEENS QUAY
Es lohnt sich, dieses Touristen-Shopping-Zentrum am Seeufer wegen der Vielzahl qualitätvoller Läden aufzusuchen, ob Rainmakers für verrückte Schirme und Tropenkleidung bis Suitables für günstige Seidenblusen.
J9 Ⓜ LRT

YORKVILLE
Top-Shopping. In der Yorkville und Cumberland Avenue reihen sich die Boutiquen aneinander; hier gibt es alles von Schmuck bei Silverbridge und Peter Cullman bis Lederwaren bei Lanzi of Italy und Tabak bei Winston & Holmes. Galerien und Buchläden.
J6 Ⓜ Bloor-Yonge

LÄDEN & MÄRKTE

ANTIKES & SAMMLERSTÜCKE

FIFTY ONE ANTIQUES
Spezialist für Möbel aus dem 17. und 18. Jahrhundert, dazu Vasen, Lampen, Schnitzereien, europäische Malerei und andere dekorative Accessoires.
J6 ✉ 21 Avenue Rd
☎ 416/968-2416 🚌 Bay

HARBOURFRONT ANTIQUES MARKET
► 34

MARK MCLAINE
Individuelles Angebot unterschiedlichster Dinge: Kiefernmöbeln oder französische Bierkrüge, Trachtenschmuck bis Keramik und Skulpturen. Preise verschiedenster Größenordnung, auch vierstellig.
J6 ✉ Hazelton Lanes
☎ 416/927-7972 🚌 Bay

MICHEL TASCHEREAU
Ausgefallene Sammlung. Riesige Armlehnstühle neben kanadischen Folkloreobjekten, dazu verschiedenste Porzellane, Gläser und englische Möbel.
J6 ✉ 176 Cumberland St
☎ 416/923-3020 🚌 Bay

THE PAISLEY SHOP
Spezialist für exquisites englisches Mobiliar, außerdem Spiegel, Porzellan, Glas, Polster, Lampen und -zubehör.
J6 ✉ 77 Yorkville Ave
☎ 416/923-5830 🚌 Bay

R A O'NEILL
Landhausmöbel aus aller Welt – Deutschland, England, Holland und Irland. Unter anderm Tische, Stühle, Truhen und Schränke, dazu dekorative Stickereien und anderer Zierat.
J5 ✉ 100 Avenue Rd
☎ 416/968-2806 🚌 Bay

RED INDIAN AND EMPIRE ANTIQUES
Sammelobjekte aus den 30ern bis 50ern des 20. Jahrhunderts. Alles Erdenkliche gibt es hier: Neonschilder, Bakelit-Schmuck, Beleuchtungskörper, Coke-Sammelobjekte u. a.
H8 ✉ 536 Queen St West
☎ 416/504-7706
🚋 Straßenbahn Queen St West

RONALD WINDEBANKS
Der Besitzer hat ein gutes Auge für Ausgefallenes und Schönes. Möbel, Porzellan, Kristall, botanische und andere Drucke, dazu altes Gartenmobiliar und herrliche große Urnen – ein optisches Vergnügen.
J6 ✉ 21 Avenue Rd
☎ 416/962-2862 🚌 Bay

SHOWCASE ANTIQUE MALL
Auf vier Ebenen bieten mehr als 300 Händler ihre Waren feil. Sie können zwischen Art déco und Jugendstil, Münzen, Grammophonen, Elvis- und Beatles-Andenken wandeln.
H8 ✉ 610 Queen St West
☎ 416/703-6255
🚋 Straßenbahn Queen St

STANLEY WAGMAN
Ein Hauptlieferant für französische Möbel.
J5 ✉ 111 Avenue Rd
☎ 416/964-1047 🚌 Bay

Steuererstattung

Goods and Services Tax (GST) ist die kanadische Mehrwertsteuer (7 Prozent), die sich Touristen zurückerstatten lassen können (nur reine Unterkunftskosten und Gebrauchsgegenstände fürs Ausland, die innerhalb 60 Tagen ausgeführt werden). Nachträglich: Bei Einreise Antragsformular (GST-Rebate for Visitors) verlangen, bei Ausreise ist mit Belegen die Erstattung an zahlreichen Duty Free Shops möglich, allerdings nur bis 500 CanS Steuer-Rückerstattungsbetrag. Bei höheren Beträgen nur schriftlich bei: Revenue Canada, Customs an das Excise, Visitor's Rebate Program, Ottawa, Ont. K1A 1J5, Canada.

LÄDEN & MÄRKTE

KUNSTHANDWERK & SCHMUCK

Schmuckanfertigung

Bei 18 Karat (✉ 71 McCaul St in Village-by-the-Grange ☎ 416/593-1648) wird auf Wunsch jedes Design kopiert. Man repariert oder arbeitet nach antiken Vorlagen. In Yorkville können Sie Peter Cullman in seinem Studio bei der Herstellung seiner schönen Stücke, oft nach natürlichen und pflanzlichen Vorbildern, beobachten (✉ 99 Yorkville Ave in Cumberland Court ☎ 416/964-2196).

ALGONQUIANS SWEET GRASS GALLERY
Die Galerie ist spezialisiert auf Indianer-Kunst und -Kunsthandwerk: Irokesen-Masken, Stachelschwein-Federkiel-Schachteln, Handgestricktes aus Britisch-Kolumbien und vieles mehr.
✚ H8 ✉ 668 Queen St West
☎ 416/703-1336
🚋 Straßenbahn Queen St

BIRKS
Ein ehrwürdiger kanadischer Name, wenn es um Schmuck, die besten Porzellanmarken, Kristall, Silber, Glas und anderes Tischzubehör geht.
✚ J6 ✉ Manulife Centre, 55 Bloor St ☎ 416/922-2266
🚇 Bay

THE CRAFT GALLERY/ONTARIO CRAFTS COUNCIL
Ausstellungen für modernes kanadisches Kunsthandwerk, alle sechs Wochen neu.
✚ J8 ✉ 35 McCaul St
☎ 416/977-3551 🚇 Osgoode

DU VERRE
Herrliche Glasobjekte sind die Besonderheit des vor allem bei Torontos Hochzeiterinnen beliebten Ladens.
✚ H8 ✉ 280 Queen St West
☎ 416/593-0182
🚋 Straßenbahn Queen St West

FRIDA CRAFT STORES
Anregendes Terrain zum Stöbern. Kanadisches Handwerk, außerdem Objekte aus Asien, Afrika und Lateinamerika: Textilien, Brücken, Taschen, Trachtenschmuck, Kerzen und viel Schnick-Schnack.
✚ K9 ✉ 39 Front St East
☎ 416/366-3169 🚇 Union

GUILD SHOP
Erste Adresse für modernes und hochwertiges kanadisches Design. Exponate aus Ton, Glas, Holz, Schmuck und Textilien namhafter Designer sind zu sehen, auch Inuit- und Indianerkunst.
✚ J6 ✉ 118 Cumberland St
☎ 416/921-1721 🚇 Bay

LYNN ROBINSON
Avantgarde-Design. Herrliches *raku* (glasiertes japanisches Steingut) sowie Bronzen, Glas-, Ton-, Holz- und Lederobjekte zeitgenössischer kanadischer Kunsthandwerker.
✚ G8 ✉ 709 Queen St West
☎ 416/703-2467
🚋 Straßenbahn Queen St West

PRIME GALLERY
Galerie, in der sehr ansprechende Keramik und anderes Kunsthandwerk zu finden ist – Ton, Textilien und Metallschmuck –, preislich angemessen bis überteuert.
✚ J8 ✉ 52 McCaul St
☎ 416/593-5750 🚇 Osgoode

SILVERBRIDGE
Herrlich gearbeiteter Sterling-Silberschmuck: Ketten, Armreife, Ringe und Ohrringe, Manschettenknöpfe, Geldschein-Clips – alles wunderbar geschmiedet. Preise liegen ungefähr zwischen 60 und 1600 Dollar.
✚ J6 ✉ 162 Cumberland St
☎ 416/923-2591 🚇 Bay

LÄDEN & MÄRKTE

BÜCHER

ABELARD
Dieser Laden ist ein Traum für Büchernarren und -sammler wegen seiner gut katalogisierten antiquarischen Bücher und seinem Angebot aus dem Modernen Antiquariat. Sessel laden zum Schmökern in den angebotenen Büchern ein.
✚ H8 ✉ 519 Queen St West
☎ 416/504-2665
🚋 Straßenbahn Queen St West

ALBERT BRITNELL
In Holzregalen steht ein breites Angebot an schöner Literatur und Sachbüchern, gebunden und als Taschenbuchausgaben. Kenntnisreiches Personal ist Ihnen bei der Auswahl behilflich.
✚ K6 ✉ 765 Yonge St
☎ 416/924-3321 🚇 Bloor, Yonge

NEW BALLENFORD
Spezialist für Literatur über Inneneinrichtung, Graphik und Architektur.
✚ G6 ✉ 600 Markham St
☎ 416/588-0800 🚇 Bathurst

THE COOKBOOK STORE
Hier findet jeder das für ihn richtige Buch, ob Koch, Gourmet oder Weinliebhaber, alles geordnet nach Art der Küche. Internationale Kochbücher kommen aus der ganzen Welt von Afghanistan bis Zimbabwe. Es gibt auch Bücher zur Restaurantausstattung; von Zeit zu Zeit finden Sonderveranstaltungen statt.
✚ K6 ✉ 850 Yonge St at Yorkville Ave ☎ 416/920-2665
🚇 Bloor, Yonge

DAVID MIRVISH
David, der Sohn des berühmten Ed, ist Kunstliebhaber, was sich in seinem Laden zeigt. Hier findet man Bücher über Skulptur, Malerei, Architektur, Keramik, Fotografie und ähnliches. Es gibt hier auch Restaurauflagen und seltene Bücher.
✚ G6 ✉ 596 Markham St
☎ 416/531-9975 🚇 Bathurst

THEATREBOOKS
Dieser Buchladen ist, wie der Name sagt, spezialisiert auf darstellende Kunst. Sie finden Bücher und Zeitschriften über Theater, Film, Oper, Tanz, Drehbücher, Theaterstücke sowie Kritiken und Geschichtliches.
✚ J6 ✉ 11 St Thomas St
☎ 416/22-7175 🚇 Bloor, Yonge

TORONTO WOMEN'S BOOKSTORE
Buchladen über alle Frauenfragen: Sachbücher zum Selbstverständnis der Frau, zur Sexualität und Politik, aber auch für Frauen interessante Belletristik. Außerdem zu finden: Magazine und Zeitschriften über Frauenforschung. Der Buchladen fungiert auch als eine Art Kommunikationsbörse.
✚ H6 ✉ 73 Harbord St
☎ 416/922-8744 🚇 Spadina

ULYSSES
Ein gut sortierter Reisebuch-Laden, der Sie mit Führern, Karten und anderem ausstattet.
✚ J6 ✉ 101 Yorkville Ave zwischen Bay und Avenue Rd
☎ 416/323-3609 🚇 Bay

Buchhandlungsketten

Finden Sie ein von Ihnen gewünschtes Buch nicht bei Coles (✉ 20 Edward St ☎ 416/977-7009), dann gibt es, so Coles, das Buch auch nicht auf dem Markt. Bei mehr als 27 Regalkilometern und mehr als 1 Million Titeln könnte dies wahr sein. Edwards Books & Art (✉ 356 Queen St West ☎ 416/593-0126) hat interessante Discount-Angebote. Smithbooks (✉ Toronto Dominion Centre ☎ 416/362-5967) gehört zu dieser Kette.

LÄDEN & MÄRKTE

MODE

Kanadas Modeschöpfer

Informieren Sie sich über die kanadischen Modedesigner bei Eaton's und The Bay, hier sind alle vertreten. Im Bloor-Yorkville-Viertel finden Sie den bekanntesten kanadischen Modeschöpfer Alfred Sung sowie Marilyn Brooks, Nina Mdivani, Vivian Shyu, Lida Baday, Marisa Minicucci und Dominic Bellisimo. Der gebürtige Torontonian Franco Mirabelli hat seinen Portfolio Store im Eaton Centre. An der Queen Street West regieren die Nachwuchs-Designer: John Fluevog, Angi Venni, Robin Kay, Kingi Carpenter und andere.

BULLOCH TAILORS
Wer in Toronto etwas auf sich hält – Künstler, Akademiker, Politiker oder Armeeangehöriger – kleidet sich hier ein. Kosten für einen Anzug: 900 Dollar aufwärts.
✚ K9 ✉ 65 Front St East bei Church St ☎ 416/367-1084
🚇 Union

CABARET
Der Laden für Historisches rund um die Mode – Samt- und Pailletten-Gewänder und für den Herrn eine Hausjacke.
✚ H8 ✉ 672 Queen St West (westl. von Palmerston) ☎ 416/504-7126 🚇 Osgoode
🚋 Straßenbahn Queen

CHANEL
Klassische Mode aus dem berühmten französischen Modehaus, eine von zwei Chanel-Boutiquen des Landes. Führt das gesamte Repertoire, dazu Accessoires.
✚ J6 ✉ 131 Bloor St ☎ 416/925-2577 🚇 Bay, Bloor, Yonge

CHEZ CATHERINE
Designer-Mode für die Frau in großer Auswahl: Top-Kreationen unter anderem von Versace, Ferre und Krizia.
✚ J6 ✉ 55 Avenue Rd ☎ 416/967-5666 🚇 Bay

F/X
Gewagt und jugendlich; Modeartikel u. a. auch von der englischen Trendsetterin Vivienne Westwood sind in dieser In-Boutique zu finden.
✚ H8 ✉ 391 Queen St West ☎ 416/585-9568
🚋 Straßenbahn Queen St West

GEORGE BOURIDIS
Torontos Top-Hemdenmacher hat mehr als 400 internationale Marken auf Lager. Maßanfertigung ab 125 Dollar, für einen Seidenblouson muß man 250 Dollar berappen.
✚ K8 ✉ 193 Church St zwischen Dundas und Shuter St ☎ 416/363 4868 🚇 Dundas

HARRY ROSEN
Auf drei Stockwerken Mode für den Herrn, alle Top-Designermarken: Armani, Valentino, Calvin Klein und Hugo Boss.
✚ J6 ✉ 82 Bloor St West ☎ 416/972-0556 🚇 Bloor, Yonge oder Bay

MR MANN
Seit Jahren kleidet Cy Mann viele der kanadischen Stars ein, Paul Anka und Raymond Massey etwa. Für einen Maßanzug müssen Sie drei Tage rechnen.
✚ J6 ✉ 41 Avenue Rd ☎ 416/968-2022 🚇 Bay

MARILYN BROOKS
Hier sollten Sie nach Artikeln der im Trend liegenden kanadischen Mode-Designer stöbern.
✚ J6 ✉ 132 Cumberland St ☎ 416/961-5050 🚇 Bay, Bloor, Yonge

STOLLERY'S
Eingeführtes Geschäft für englische Kleidung. Ursprünglich nur Herrenausstatter, doch inzwischen auch Kleidung für Damen der Marken Aquascutum, Austin Reed und Burberry.
✚ K6 ✉ 1 Bloor St West ☎ 416/922-6173 🚇 Bloor, Yonge

LÄDEN & MÄRKTE

DELIKATESSEN & HAUSHALTSWAREN

ALL THE BEST FINE FOOD
Brot, Salate, Entrées, Schinken, Gewürze, Saucen und Käse für die Bewohner Rosdales – und jedermann natürlich.
✚ K5 ✉ 1099 Yonge St
☎ 416/928-3330
🚇 Rosedale

ARLEQUIN
Hier wird Ihnen der Mund wäßrig gemacht: Sie können Köstliches für den Gaumen kaufen – Pasteten, Salate, Törten.
✚ J5 ✉ 134 Avenue Rd
☎ 416/928-9521 🚇 Bay, St George

DANIEL ET DANIEL
Hier gibt es alles, was Sie sich wünschen – Cappuccino und Croissants, Pasteten, Mini-Pizzas, Quiches, Salate sowie warme und kalte *hors d'oeuvres* zum Lunch.
✚ K7 ✉ 248 Carlton St
☎ 416/968-9275 🚇 College
🚋 Straßenbahn Carlton

DINAH'S CUPBOARD
Verführerischer Laden. Hier können Sie unter vielen Gerichten für ein Picknick wählen, auch Imbisse aus der Mikrowelle bieten sich an.
✚ J6 ✉ 50 Cumberland St
☎ 416/921-8112 🚇 Bloor, Yonge

EN PROVENCE
Ein herrlicher Laden mit Schätzen fürs Haus – Keramik, Tisch-Accessoires und Luxusstoffe. Die Tischdecken und Servietten sind prächtig, auch das Porzellan.
✚ J6 ✉ 20 Hazelton Ave
☎ 416/975-9400 🚇 Bay

FORTUNE HOUSEWARES
Hier sollten Sie nach hochwertigen Haushaltswaren suchen, die mit bis zu 20 Prozent Rabatt angeboten werden: Markentöpfe, Kochutensilien und Küchenzubehör.
✚ H7 ✉ 388 Spadina Ave
☎ 416/593-6999
🚋 Straßenbahn Dundas oder College, Bus 77X

GLOBAL CHEESE
Käseberge umgeben Sie in diesem phantastischen Laden. Hier gibt es mehr als 150 Käsesorten zu günstigen Preisen. Im Zentrum von Kensington Market gelegen.
✚ H7 ✉ 76 Kensington Ave
☎ 416/593-9251 🚋 Straßenbahn Dundas oder College, Bus 77X

TEN REN TEA
Dieser Laden mitten in Chinatown hat viele Teesorten in Dosen auf Lager, auch Tee zum Entschlacken und andere gesundheitsfördernde Getränke gibt es, sowie kleine chinesische Teekannen und -tassen zum Sammeln.
✚ H8 ✉ 454 Dundas St West in Huron ☎ 416/598 7872
🚋 Straßenbahn Dundas

TEUSCHER OF SWITZERLAND
Hier findet man eine ungewöhnliche Auswahl an Schokolade – mehr als 100 verschiedene Sorten, darunter rund 20 Trüffelprodukte. Beste Schweizer Qualität.
✚ J6 ✉ 55 Avenue Rd (Hazelton Lanes) ☎ 416/961-1303 🚇 Bay, St George

Picknick-Möglichkeiten

Toronto hat so viel Grün, daß man leicht einen Picknick-Platz findet. Am besten geeignet sind zweifellos die Toronto Islands, die Seeufer an der Harbourfront oder weiter westlich in Sunnyside der Strand im Wohnviertel The Beaches und der High Park. In Downtown könnten Sie sich neben den Arbeitern in der Nathan Phillips Plaza niederlassen oder auf einem anderen der großen Plätze, zu Füßen des TDC Towers etwa.

LÄDEN & MÄRKTE

Fun- & Designer-Kleidung

Für Zeitschriften-Freaks
Great Canadian News Co (✉ BCE Place ☎ 416/363-2242) mit einem internationalen Angebot von 2000 Zeitschriften und 60 Zeitungen ist der Traum eines jeden Print-Medien-Fans. Lichtman's News & Books (✉ 144 Yonge ☎ 416/368-7390) erfüllt Ihre News-Erwartungen und führt auch Bücher. Maison de la Presse Internationale (✉ 124 Yorkville Ave ☎ 416/928-2328) ist der älteste Laden dieser Art in Toronto.

CLUB MONACO
Lässig-Modisches für die Jugend kauft man nirgends besser als in dieser Kette mit mehreren Läden in der Stadt.
✚ H8 ✉ 403 Queen St West ☎ 416/979-5633 🚋 Straßenbahn Queen St West

JOHN FLUEVOG
Ein Traumladen für auffällige Schuhmode ist dieser Freak-Laden. Madonna und Paula Abdul gehören zu den treuen Kunden.
✚ J8 ✉ 242 Queen St West ☎ 416/581-1420 🚋 Straßenbahn Queen St West

MARCI LIPMAN
Kunstdesigner Marci Lipman ist der Schöpfer amüsanter und farbenfroher Kinderkleidung. Diese ist allerdings teuer, doch Kinder sind sicher begeistert über ein T-Shirt oder anderes Kleidungsstück aus diesem Laden.
✚ J6 ✉ 55 Avenue Rd (Hazelton Lanes) ☎ 416/921-1998 🚇 Bay

OH YES, TORONTO
Ja, hier werden wirklich auch den guten Geschmack ignorierende Toronto-Souvenirs verkauft. Trotzdem handelt es sich um qualitativ hochwertige, immer noch attraktivere als anderswo angebotene Waren dieser Art.
✚ J6 ✉ 101 Yorkville Ave ☎ 416/924-7198 🚇 Bay, Bloor-Yonge

PETER FOX
Frauen, die einmal Schuhe des Vancouver-Designers getragen haben, schwärmen von dem bequemen, eleganten und romantisch-viktorianischen Design in Satin oder Leder.
✚ J6 ✉ 55 Bloor St West ☎ 416/960-5572 🚇 Bloor, Yonge

ROOTS
Das kanadische Geschäft schlechthin. Hier finden Sie die Mode, die gerade angesagt ist, und Lederwaren, aber auch Snowboards und andere Ausrüstung für Abenteurer.
✚ J6 ✉ 55 Avenue Rd (Hazelton Lanes) ☎ 416/961-8479 🚇 Bay

TILLEY ENDURABLES
Dieser Laden trägt den Namen des Mannes, der den »Tilley Hat« entwickelte, der sich in der Wildnis als multifunktional erwiesen hat. Der Laden führt auch andere praktische Outdoor-Kleidung, darunter eine Jacke mit vielen Taschen, unschätzbar für Fotografen unterwegs.
✚ J9 ✉ 207 Queen's Quay West ☎ 416/203-0463 🚇 Union, dann LRT

WINSTON & HOLMES
Sehr britisch! Alle Accessoires, die der Mann angeblich für Haarpflege, Toilette und Vergnügen benötigt. Es gibt alle erdenklichen Pfeifen, Pfeifentabake, auch Zigarren, darunter kubanische. Man findet hier auch die guten alten Füllfederhalter.
✚ J6 ✉ 138 Cumberland St ☎ 416/968-1290 🚇 Bay, Bloor-Yonge

LÄDEN & MÄRKTE

PRÄSENTE

ASHLEY CHINA
Hier findet man alle großen Porzellan- und Glasmarken (Baccarat, Kosta Boda, Waterford). Die Waren sind elegant auf Tischen dekoriert oder stehen in Wandregalen.
✚ J6 ✉ 55 Bloor St West ☎ 416/964-2900 Ⓜ Bloor, Yonge

DRAGON LADY COMIC SHOP
Suchen Sie ein ausgefallenes Geschenk zu einem vernünftigen Preis, so schauen Sie sich hier um unter Comics ab 1950, Postern und alten *Life*-Magazine-Ausgaben.
✚ J8 ✉ 200 Queen St West bei University ☎ 416/596 1602 Ⓜ Osgoode

GENERAL STORE
Hier finden Sie ein Geschenk für jemanden, der schon alles besitzt. Alle Arten von wirklich »echten Designer«-Stücken sind hier zu haben: Taschenrechner, Uhren und anderes Klimbim, auch Puzzle und Denksport-Geschenke.
✚ J6 ✉ 55 Avenue Rd (Hazelton Lanes) ☎ 416/323-1527 Ⓜ Bay

THE IRISH SHOP
Geschenkgroßauswahl, Modeartikel und Bücher aus Irland. Sie können einen Kilt oder Schal kaufen, Spitzen oder Schmuck von der Emerald Isle.
✚ J6 ✉ 150 Bloor St West ☎ 416/922 9400 Ⓜ Bay, Bloor, Yonge

L'ATELIER GREGORIAN
Dies ist das Geschäft für den passionierten E-Musik-Liebhaber. Es führt eine Riesenauswahl an CDs klassischer Musik und Jazz.
✚ J6 ✉ 70 Yorkville Ave ☎ 416/922 6477 Ⓜ Bloor, Yonge

LEGENDS OF THE GAME
Sportfans lieben diesen Laden, in dem sie Shirts, Hüte oder signierte Sportartikel ihres Lieblings-Teams oder -Spielers kaufen können – nicht gerade spottbillig, versteht sich.
✚ J8 ✉ 322A King St West ☎ 416/971-8848 Ⓜ St Andrew

ROTMAN HAT
Dieser eingeführte Laden bietet eine große Hut-Palette, federleichte Panamahüte für den Sommer, Marine-Derbys und verrückte Kopfbedeckungen wie Grouser hats.
✚ H7 ✉ 345 Spadina Ave ☎ 416/977-2806 Ⓜ Straßenbahn Dundas oder College, Bus 77X

SCIENCE CITY
Eine echte Fundgrube für den Experimentierfreund! Hier finden Sie Sets für chemische Experimente, Fossilien-Objekte, Hologramm-Uhren und unzählige wissenschaftliche Lernspiele und Bücher. Es gibt auch einige sehr teure optische Geräte für den Wissenschaftler, unter anderem Teleskope.
✚ J6 ✉ 50 Bloor St West im Holt Renfrew Centre ☎ 416/968-2627 Ⓜ Bloor, Yonge

Museumsläden
Der Shop in der Art Gallery of Ontario (➤ 37) führt Reproduktionen, Poster, Schmuck, Kunsthandwerk (Keramik, Glas, Textilien) und Bücher. Die fünf Shops im Royal Ontario Museum (➤ 39) verkaufen ähnliches, außerdem Reproduktionen von Exponaten, u. a. Schmuck und Spielzeugsoldaten. Im George R Gardiner Museum of Ceramic Art (➤ 40) kann man Keramikobjekte kaufen, und die Textilien im Museum for Textiles (➤ 54) sind wirklich exotisch.

UNTERHALTUNG & FREIZEIT

Musik, Tanz & Theater

Spielstätten

Zu den Hauptspielstätten darstellender Kunst gehören: Massey Hall (✉ 178 Victoria St ☎ 416/ 593-4828); Hummingbird Centre – früher O'Keefe Centre (✉ 1 Front St East ☎ 416/ 872-2262); St Lawrence Centre for the Arts (✉ 27 Front St East ☎ 416/366-7723); Roy Thomson Hall (✉ 60 Simcoe St ☎ 416/593-4828); Ford Centre for the Performing Arts (✉ 5040 Yonge St ☎ 416/ 872-2222) und das Premiere Dance Theatre (✉ Queens Quay Terminal ☎ 9416/973-4000).

KLASSISCHE MUSIK

CANADIAN OPERA COMPANY

Die Company wurde 1950 gegründet. Heute bringt sie zwischen September und April acht Produktionen auf die Bühne des Hummingbird Centre.
✚ K9 ✉ 227 Front St East ☎ 416/363-6671 oder 872-2262 🚇 Union

TAFELMUSIK

Dieses international renommierte Kammermusik-Ensemble spielt Barockmusik auf Instrumenten der damaligen Zeit. Foren: Massey Hall oder Trinity/St Paul's United Church in der Bloor St Nr. 427.
✚ H6 ✉ 427 Bloor St West ☎ 416/964-6337 🚇 Spadina

TORONTO MENDELSSOHN CHOIR

Der Chor entstand 1895 und gab in der Massey Hall sein erstes Konzert. Trotz des Namens führt er die großen Chorwerke von Bach, Händel und Elgar ebenso wie die von Mendelssohn auf. Das Engagement, Händels *Messias* für Spielbergs Film *Schindlers Liste* zu singen, unterstreicht den Ruf des Chors. Er tritt in der Roy Thomson Hall auf.
✚ J8 ✉ 60 Simcoe St ☎ 416/598-0422 oder 593-4828 🚇 St Andrew

TORONTO SYMPHONY ORCHESTRA

Das Sinfonieorchester, das 1996 seinen 75. Geburtstag feierte, musiziert während seiner Spielzeit mit internationalen Star-Musikern in der Roy Thomson Hall. Neben klassischer Musik führt das Orchester auch Pop-Musik im Repertoire; außerdem gibt es im Sommer gut besuchte Freiluftkonzerte.
✚ J8 ✉ 60 Simcoe St ☎ 416/593-4828 🚇 St Andrew

TANZ

Abgesehen vom National Ballet treten die meisten Tanzensembles im Premiere Dance Theatre in Queen's Quay auf.

DANNY GROSSMAN DANCE COMPANY

Der in San Francisco geborene Danny Grossman ist zum Publikumsliebling geworden, seit er 1973 mit dem Toronto Dance Theatre zu arbeiten begann und dann 1975 seine eigene Truppe gründete. Seit dieser Zeit hat er rund 30 Werke geschaffen, klug und amüsant choreographiert.
✚ H6 ✉ 511 Bloor St West ☎ 416/531-8350 🚇 Bathurst

NATIONAL BALLET OF CANADA

Ein geliebtes Nationalheiligtum. Das von Celia Franca 1951 gegründete Ensemble hat große internationale Anerkennung mit Stars wie Karen Kain und Kimberly Glasco gefunden. In der Herbst- und Frühjahrs-Spielzeit tritt das Ballett mit klassischen und modernen Stücken im Hummingbird Centre auf.
✚ K8 ✉ 157 King St East ☎ 416/366-4846 oder (Tickets) 872-2262 🚇 King

UNTERHALTUNG & FREIZEIT

TORONTO DANCE THEATRE

Das führende moderne Tanz-Ensemble Torontos. Das von Christopher House geleitete Dance Theatre führt eindrucksvoll choreographierte Stücke zu oftmals überraschender Musik auf, beispielsweise Händels *Variationen* und *Artemis' Madrigals*. Die Bühne dieses Ensembles ist das Premiere Dance Theatre am Queens Quay.

L7 ✉ 80 Winchester St
☎ 416/ 973-4000
🚋 Straßenbahn Carlton

THEATER

BUDDIES IN BAD TIMES

Erstes Homosexuellen-Theater Kanadas und Mäzen für zeitgenössische, unverblümt schreibende Autoren. Für die Reputation sorgte der Amerikaner Sky Gilbert. In seiner Vorreiterrolle spielt das Theater Stücke, die sozialen Zündstoff enthalten. Tallulah's Cabaret (sehr beliebt Fr und Sa) und die Bar sind weitere Publikumsmagneten.

K7 ✉ 12 Alexander St
☎ 416/975-8555 🚋 College, Wellesley

CANADIAN STAGE COMPANY

Eine Company, die Komödien, Dramen und Musicals internationaler und kanadischer Autoren auf die Bühne bringt, beispielsweise den Broadway-Hit *Angels in America*. Ihre angestammte Spielstätte ist das St Lawrence Centre for the Arts. Außerdem veranstaltet die Gruppe kostenloses Shakespeare-Sommertheater im High Park.

L8 ✉ 26 Berkeley St
☎ 416/368-3110
🚋 Straßenbahn King St East

FACTORY THEATRE

Es widmet sich der Produktion der Werke junger kanadischer Stückeschreiber und bringt sie in zwei Theatern auf die Bühne. Viele seiner Produktionen hatten auf Auslandstourneen Erfolg.

H8 ✉ 125 Bathurst
☎ 416/504-9971 oder 864-9971 🚋 Straßenbahn Bathurst

TARRAGON THEATRE

Eine weitere kanadische Theaterkompanie, die sich der Produktion heute so bekannter Stückeschreiber wie Michael Ondaatje, Michel Tremblay und Judith Thompson verschrieben hat. Auch abgesetzte Broadway-Produktionen kommen manchmal hierher.

H4 ✉ 30 Bridgman Ave
☎ 416/531-1827 🚋 Dupont

THEATRE PASSE MURAILLE

Auch diese Gesellschaft unterstützt zeitgenössische kanadische Theaterautoren und produziert innovative und provokative Arbeiten wie die von Daniel David Moses und Wajdi Mouawad. Das Theater hat zwei Bühnen, eine für 220, die andere für nur 70 Zuschauer.

H8 ✉ 16 Ryerson Ave
☎ 416/504-7529
🚋 Straßenbahn Queen St West oder Straßenbahn südlich von Bathurst

Berühmte Theater

Die beiden Häuser Elgin und Winter Garden Theatre (✉ 189–91 Yonge St ☎ 416/872-5555) liegen übereinander. Das Royal Alexandra Theatre (✉ 260 King St West ☎ 416/872-1212) ist Torontos beliebtes, 1907 erbautes barockes Plüschtheater. Die Innenarchitektur des für *Miss Saigon* erbauten Princess of Wales nebenan (☎ 416/872-1212) besorgte Frank Stella.

UNTERHALTUNG & FREIZEIT

COMEDY, DINNER THEATRE & FILM

Comedy-Export

Die Kanadier gelten im Vergleich zu ihren südlichen Nachbarn als nüchternes Volk. Doch die Lacherfolge der Amerikaner wurden entweder von Kanadiern verfaßt oder aufgeführt – ob *Saturday Night Live*, *SCTV* oder *Spy Magazine*. Lorne Michaels, Earl Pomerantz, Dan Aykroyd, Wayne and Shuster, Bill Murray, John Candy, Martin Short, Jim Carrey, Howie Mandel – diese Kanadier besitzen ein großes Talent für Parodie und Satire.

COMEDY

THE LAUGH RESORT
Paula Poundstone und andere aufstrebende Komödianten treten in diesem sehr preisgünstigen Theater auf.
K8 ✉ 26 Lombard St
☎ 416/364-5233 Queen

SECOND CITY
Auf dieser Bühne begannen viele kanadischen Komiker, die später in den USA Karriere machten – John Candy, Dan Aykroyd, Bill Murray, Martin Short und andere. Besuchen Sie eine Aufführung in der Firehall.
K8 ✉ 110 Lombard St
☎ 416/863-1111 Queen

YUKYUK'S
Die andere Heimstatt der kanadischen Komödie. Das in den 60er Jahren gegründete, nach dem Vorbild ähnlicher Häuser in New York und Los Angeles geführte Haus machte die Stars Jim Carrey, Harland Williams, Howie Mandel und Norm MacDonald bekannt. Es brachte auch Amerikaner auf die Bühne: große Namen wie Seinfeld, Robin Williams und Sandra Bernhard.
K2 ✉ 2335 Yonge St
☎ 416/967-6425 Eglinton

DINNER THEATRE

FAMOUS PLAYERS DINNER THEATRE
Diese Gruppe hat sich auf Schwarzes Theater spezialisiert. Schwarz gekleidete Schauspieler bewegen lebensgroße weiße Requisiten und Puppen bei Musik und Schwarzlicht – Effekte wie in *Fantasia*.
F8 ✉ 110 Sudbury St
☎ 416/532-1137
Straßenbahn Queen bis Dovercourt

LA CAGE DINNER THEATRE
Entertainment unter falschen Vorzeichen. »Buddy Holly«, »Roy Orbison« und »Elvis« treten regelmäßig auf.
K8 ✉ 279 Yonge St
☎ 416/364-5200 Dundas

LIMELIGHT SUPPER CLUB
Musikrevuen und andere Entertainments werden in diesem Klub geboten, entweder Dinner und Show oder nur Show.
K2 ✉ 2026 Yonge St
☎ 416/482-5200
Davisville (3 Blocks nördl.)

UKRAINIAN CARAVAN
Nur samstags: wirbelnde Kosakentänze, -lieder und -musik als ansprechende Unterhaltung. Angemessene Preise für Dinner und Show.
westl. vom Zentrum ✉ 5245 Dundas St West ☎ 416/231-7447 416 Kipling (Ausgang Auckland St)

FILM

CINEMATHÈQUE ONTARIO
Es werden Retrospektiven zeitgenössischer kanadischer und internationaler Filme organisiert. Alle Filme werden in der Art Gallery of Ontario gezeigt.
K7 ✉ 70 Carlton St
☎ 416/967-7371 College

UNTERHALTUNG & FREIZEIT

ROCK, REGGAE, JAZZ & BLUES

BAMBOO
Der Club, der Reggae in der Stadt populär machte. Heute tanzt man hier Kalypso, Salsa, Hip, Soul und R & B in Karibik-Atmosphäre – kreiert mit starken Farben und Tropenpflanzen. Sehr kleine Tanzfläche.
H8 ✉ 312 Queen St West
☎ 416/593-5771 Osgoode
Straßenbahn Queen St West

EL MOCAMBO
Legendärer Rock-Palast, in dem die Stones auftraten. Adäquat grungy. Montags spielen lokale Gruppen, an Wochenenden treten Künstler wie Liz Phair auf.
H7 ✉ 464 Spadina Ave
☎ 416/ 968-2001
Straßenbahn College

HORSESHOE TAVERN
Hier ist was los, wo Gruppen wie Police, The Band, Blue Rodeo und Barenaked Ladies ihre Karrieren starteten. Wer sich etwas aus Rock'n' Roll macht, hört sich donnerstags bis samstags die Live-Musik an. Countrymusic gibt es montags bis mittwochs.
H8 ✉ 370 Queen St
☎ 416/598-4753 Osgoode
Straßenbahn Queen St West

JUDY JAZZ
Ein Jazz-Restaurant, in dem Modern Jazz geboten wird.
H8 ✉ 370 King St im Holiday Inn an der King
☎ 416/ 593-7788 St Andrew

LEE'S PALACE
Forum für Hits der Rock-Music, darunter Britpop-Gruppen wie Oasis und lokale alternative Bands. Tanzbar mit DJ.
H6 ✉ 529 Bloor St West
☎ 416/532-7383 Bathurst

MONTREAL JAZZ CLUB
Traditioneller Jazzklub, wo lokale und ausländische Talente spielen. Cooler Rahmen für Marion McPartland, das Carol Welsman Quartet und Memo Acevedo Quintet.
K8 ✉ 65 Sherbourne
☎ 416/ 363-0179
Straßenbahn King St

PHOENIX CONCERT THEATRE
Patti Smith, Screaming Headless Torso und Smashing Pumpkins machten hier Karriere. An Wochenenden Dancefloor in einem altägyptisch-griechischen Ambiente.
K7 ✉ 10 Sherbourne St
☎ 416/ 323-1251
Wellesley, College

RIVOLI
Avantgarde-Klub-Restaurant, das in ist: Blues, Rock, Jazz, Kabarett und Lyriklesungen – von jedem etwas. Holly Cole wurde hier bekannt. Billard-Raum.
H8 ✉ 332 Queen St West
☎ 416/532-1598 oder 596-1908 Osgoode Straßenbahn Queen St West

TOP O THE SENATOR
Gute Atmosphäre für Jazz oder Kabarett. Relaxen Sie auf Sofas oder in alten Kinosesseln dieses Klubs, der sehr viel aus den 30er Jahren hat.
K8 ✉ 249 Victoria St
☎ 416/364-7517 Dundas

Günstige Karten und Infos
Karten zum halben Preis gibt's am Tag der Aufführung an den T-O-Tix-Schaltern in Yonge Street und Dundas Street, vor dem Eaton Centre (Di–Sa 12–19.30 Uhr und So 11–15 Uhr
☎ 416/596-8211).
Veranstaltungs-Infos: *Toronto Life*, *Where Toronto* und die Wochenendausgaben von *Globe & Mail*, *Toronto Star* und *Toronto Sun*. *Eye or Now* verfolgt die Hip-Szene.

UNTERHALTUNG & FREIZEIT

DISKOTHEKEN

Toronto Pop
Viele kamen hierher, geboren aber wurden in Toronto Neil Young oder der Bluesgitarrist und Sänger Jeff Healey. Gordon Lightfood wurde während einer Club-Veranstaltung hier »entdeckt«, Steppenwolf begannen in Toronto, Rush wurde hier gegründet und Martha And the Muffins stammen von hier. John Lennon debütierte mit der Plastic Ono Band in dieser Stadt (mit dabei: Eric Clapton), und The Who gaben in Toronto ihr letztes Konzert.

BERLIN
Musik nach Programm, zum Beispiel Latin Beat oder House Music, zieht das ältere, distinguierte Publikum hierher.
✚ K2 ✉ 2335 Yonge St
☎ 416/489-7777
Ⓜ Davisville

CHA CHA CHA
Kleiner Klub für das ältere betuchte Publikum. Art déco und lateinamerikanische Klänge.
✚ J8 ✉ 11 Duncan St
☎ 416/598-3538 Ⓜ St Andrew

CHICK 'N' DELI
Zu Rythm & Blues bewegen sich die Massen auf dem Dancefloor, nachdem sie sich mit Hühnchen und Barbecue gestärkt haben.
✚ K2 ✉ 744 Mount Pleasant Rd ☎ 416/489-3363
Ⓜ Eglinton

CROCODILE ROCK
Bar-Restaurant, Tanz und Pool-Billard. Genügsame 25- bis 40jährige tanzen zu Rhythmen aus den 70er und 80ern.
✚ J8 ✉ 240 Adelaide St West an der Duncan ☎ 416/599-9751 Ⓜ St Andrew

CUTTY'S HIDEAWAY
Ein Club an der Danforth, wo Puertoricaner Salsa und Reggae tanzen. Alle Altersstufen.
✚ N6 ✉ 538 Danforth Ave
☎ 416/463-5380 Ⓜ Chester

DELUGE AT ATLANTIS
Nur an Wochenenden: Treffpunkt für die Jugend an der Waterfront mit House und Power Music.
✚ F10 ✉ Ontario Place

FAT CITY
Fluoreszierendes Licht, cooles Stahl- und Beton-Interieur zum Abtanzen und Abrocken.
✚ G8 ✉ 650 1/2 Queen St West (westlich von Bathurst)
☎ 416/504-9620
Ⓜ Straßenbahn Queen Street West der Bathurst Richtung Süden

HORIZONS
Spektakuläres Nachtlokal auf dem CN Tower, wo es mit unterschiedlicher Musik erst um 22 Uhr losgeht.
✚ J9 ✉ CN Tower
☎ 416/601-4719 Ⓜ Union

INDUSTRY
Mit Strobolight und Soundblaster geht ab 2 Uhr nachts die Post ab bis in den frühen Morgen.
✚ G8 ✉ 901 King St West
☎ 416/260-2660
Ⓜ Straßenbahn King St West

IVORY
Exotische vorderorientalische Atmosphäre für Models und deren Eskorte. Populär mittwochs: Merengue, Salsa und Tango.
✚ J6 ✉ 69 Yorkville
☎ 416/927-9929 Ⓜ Bay

WHISKEY SAIGON
Euro-Disko vom Feinsten. Alternativ-, Funk- und Retro-Musik für ein junges Publikum.
✚ J8 ✉ 250 Richmond St
☎ 416/593-4646 Ⓜ Osgoode
8000 Ⓜ Bus 121 Front Esplanade ab Union oder Straßenbahn 511, Bathurst bis Exhibition Place

UNTERHALTUNG & FREIZEIT

Bars

BAR ITALIA
Flottes Lokal in Little Italy – sehen und gesehen werden. Oben gibt es einen plüschigen Billardraum, unten Kaffee, Drinks und italienische Spezialitäten jeder Art.
G7 582 College St
416/535-3621
Straßenbahn College St

C'EST WHAT
Sehr lässige und gemütliche Keller-Bar. Man kann sich in Ruhe unterhalten oder entspannen und dabei den gerade spielenden Musikgruppen zuhören.
K9 67 Front St East
416/867-9499 Union

DUKE OF WESTMINSTER
Ein typisch englischer Pub einer kleinen Kette, die ihre Lokale aus England hier einrichtete. Alles, was ein Pub zu bieten hat: Pub-Essen (Würstchen mit *mash* etwa, *cottage pie*, Steaks, *kidney pie*), 15 Ales und Biere vom Faß und natürlich Darts.
J8 First Canada Place
416/368-1555 King, St Andrew

LA SERRE
Bar des Hotels Four Seasons, vom *Forbes Magazine* zu einer der besten Bars der Stadt gekürt. Exzellente Martinis, eine ganze Batterie Malt-Whiskys und andere Spezialitäten.
J6 Four Seasons Hotel, 21 Avenue Rd 416/964-0411 Bay

ORBIT ROOM
Die angenehme kleine Bar wird von der hiesigen Geschäftswelt frequentiert, die sich im ersten Stock trifft. Gemütliche, traditionelle Atmosphäre mit halbrunden Plüschsofas. Unterhaltungsmusik lokaler Gruppen.
G7 580A College St
416/535-0613
Straßenbahn College St

ROTTERDAM
Hier kommen passionierte Biertrinker auf ihre Kosten mit einer Auswahl von mehr als 200 Marken, davon 30 vom Faß. Am späteren Abend überfüllt. Im Sommer schöner Patio.
H8 600 King St West (an der Portland) 416/504-6882 Straßenbahn King St

SOUZ DAL
Kleines Nachtlokal im marokkanischen Stil mit Kupferbar und Kelims an den Wänden. Im einladenden Garten unter einem Pflanzendach genießt man an Sommerabenden bei Kerzenlicht erfrischende Früchte-Martinis oder andere tropische Drinks.
G7 636 College St
416/537-1883
Straßenbahn College St

WAYNE GRETZKY'S
Ein erinnerungsträchtiger Schrein für kanadische Eishockeyspieler an der Bar unten. Setzen Sie sich auf die Terrasse oben auf dem Dach, um die spektakuläre Aussicht, die Gardenien und andere Annehmlichkeiten zu genießen.
H9 99 Blue Jays Way
416/979-7825 St Andrew

Internet, Zigarren und Poolbillard

Dotcom Café (57 Duncan St 416/595-5999) ist das größte Cyber-Café mit 35 Monitoren, pro Stunde 10 Dollar. Zigarrenfans treffen sich in Black and Blue (150 Bloor St 416/920-9900) und in der Atlas Bar & Grill (129 Peter St 416/977-7544). Pool-Freaks haben große Auswahl, darunter die rund um die Uhr geöffnete Billiards Academy (485 Danforth 416/486-9696).

ÜBERNACHTEN

LUXUSHOTELS

Landhaus-Luxus
Entspannen in der ländlichen Umgebung von Stratford können Sie in Langdon Hall (✉ RR 3, Cambridge, ON N3H 4R8 ☎ 519/740-210). Das 1902 in einem 80-Hektar-Park erbaute Landhaus bietet exklusive Unterkunft in einem Klostergarten-Ambiente. Das Haupthaus verfügt über einen stilvollen Speisesaal und Wintergarten. Außerdem: Swimmingpool, Tennisplatz, Kricketrasen, Billardraum, Fitneß-Center und Langlauf-Loipen.

FOUR SEASONS
Das Top-Hotel Torontos im Zentrum von Yorkville. Persönlicher, doch unaufdringlicher Service, 380 große, elegante, komfortable und gut ausgestattete Zimmer. Das Haus verfügt über ein Restaurant von Weltruf, Truffles (➤ 63), eine große Bar, La Serre (➤ 83), im Studio Café treffen sich VIPs.
✚ J6 ✉ 21 Avenue Rd ☎ 416/964-0411; Fax 964-2301 Ⓜ Bay

INTERCONTINENTAL
Dieses Luxushotel in der Nähe von Yorkville mit 209 Zimmern bietet viel individuellen Service. Die elegant in französischem Stil eingerichteten, großen Zimmer verfügen über jede Annehmlichkeit, wie zum Beispiel automatisch sich öffnende Fenster. Das Signatures mit roter Wandverkleidung und Kamin ist zur Tee- und Cocktail-Stunde beliebt.
✚ J6 ✉ 220 Bloor St West ☎ 416/960-5200; Fax 960-8269 Ⓜ St George

KING EDWARD
Das ehrwürdigste Hotel der Stadt, in dem schon Edward Prince of Wales und Rudolph Valentino abgestiegen sind. Ein architektonisches Juwel – als nostalgischer Treffpunkt bietet sich der Victoria Room an. Die 299 Zimmer sind sehr geräumig, gut möbliert und ausgestattet.
✚ K8 ✉ 37 King St East ☎ 416/863-9700; Fax 367-5515 Ⓜ King

METROPOLITAN
Die jüngste Konkurrenz für das Four Seasons in der Hotel-Luxusklasse. Inneneinrichtung des Restaurants superb, der Service strebt noch danach.
✚ J8 ✉ 108 Chestnut St ☎ 416/977-5000; Fax 977-9513 Ⓜ St Patrick

PARK PLAZA
Stilvoll und klassisch. Die 64 Räume und 20 Suiten im alten Turm sind erstklassig mit feinen Stoffen und Möbeln eingerichtet, und die sanitären Einrichtungen bieten den allerhöchsten Komfort. Zwei Restaurants.
✚ J6 ✉ 4 Avenue Rd ☎ 416/924-5471 oder 800/977 4197; Fax 924-6693 Ⓜ Bay, Museum

SUTTON PLACE
Hier verkehren einflußreiche Manager. Restaurant, Bar, Fitneß-Einrichtungen, Hallenbad und Sonnenterrasse sowie Business Centre. Knapp 300 Zimmer.
✚ J6-J7 ✉ 955 Bay St ☎ 416/924-9221 oder 800/268-3790; Fax 924-1778 Ⓜ Museum, Wellesley

WESTIN HARBOUR CASTLE
Wegen seiner Lage am Seeufer und seines Komforts gehört es zur Luxuskategorie. Alle 933 Zimmer haben Seeblick. Drehrestaurant und chinesisches Restaurant (Grand Yatt), Squashhallen, Tennisplatz und Hallenbad.
✚ K9 ✉ 1 Harbour Sq ☎ 416/869-1600; Fax 869-0573 Ⓜ Union

ÜBERNACHTEN

MITTELKLASSEHOTELS

BRISTOL PLACE
Das beste Hotel in Flughafennähe. Räume gut und komfortabel eingerichtet. Schwimmbad und Fitneß-Center. Sonderveranstaltungen und Kinderspielbereich.
✚ nordwestl. vom Zentrum ✉ 950 Dixon Rd ☎ 416/675-9444; Fax 675-4426 Ⓜ Kipling

DELTA CHELSEA
Großes, gut geführtes Hotel. Das kinderfreundliche Haus hat einen beaufsichtigten Kindergarten für 3- bis 8jährige und zwei Pools.
✚ J7 ✉ 33 Gerrard St West ☎ 416/595-1975 oder 800/243-5732; Fax 585-4393 Ⓜ College

HILTON INTERNATIONAL
Typisches Hilton nahe dem Kongreßzentrum und Finanzdistrikts. Frei- und Hallenbad.
✚ J8 ✉ 145 Richmond St West ☎ 416/869-3456 oder 800/445-8667; Fax 869-3187 Ⓜ Osgoode

MARRIOTT
Hotel mit allem Komfort am Eaton Centre.
✚ J8 ✉ 525 Bay St ☎ 416/597-9200; Fax 597-9211 Ⓜ Dundas

RADISSON PLAZA HOTEL ADMIRAL
Harbourfront-Hotel mit Dachterrassen-Pool, Bar und Terrasse. 157 gut ausgestattete Räume. Squashplatz, Restaurants, und eine sehr gute Bar.
✚ J9 ✉ 249 Queens Quay West ☎ 416/203-3333 oder 800/333-3333; Fax 203-3100 Ⓜ Union, dann LRT

ROYAL YORK
Zimmerqualität unterschiedlich, Service angesichts der 1365 Zimmer zuweilen überlastet. 10 Restaurants und Bars, u. a. die für ihre Martinis bekannte Library Bar und der Arcadian Room mit anerkannter kanadischer Küche. Hallenbad.
✚ J9 ✉ 100 Front St West ☎ 416/368-2511 oder 863 6333 (nur Reservierung); Fax 368-2884 Ⓜ Union

SHERATON
Das größte Hotel Torontos (1382 Zimmer) bietet erstaunlich effizienten Service. Sechs Restaurants und Bars sowie zwei Kinos im Haus.
✚ J8 ✉ 123 Queen St West ☎ 416/361-1000; Fax 947-4874 Ⓜ Osgoode

SKY DOME
Aus 70 der 346 Zimmer Blick auf den Baseball-Rasen im Sky Dome. Funktional modern. Swimmingpool, Fitneß-Centre und Squashplätze.
✚ H9 ✉ 1 Blue Jays Way ☎ 416/360-7100; Fax 341-5090 Ⓜ Union

WESTIN PRINCE
Das Hotel in japanischem Besitz liegt 20 Minuten von Downtown, umgeben von einem Park in Don Valley. Im Katsura-Restaurant gibt es Sushi, Robata Bars, eine Tempura-Theke und Teppanyaki-Küche. Geheiztes Freibad, Tennisplätze, Golfplatz und Fitneß-Center.
✚ nordöstl. vom Zentrum ✉ 900 York Mills Rd, Don Mills ☎ 416/444-2511; Fax 444-9597 Ⓜ York Mills

Bed & Breakfast

Es gibt viele Bed-and-Breakfast-Vermittlungen in Toronto, die bei der Suche nach Privatzimmern zum Preis von 50 bis 90 Dollar pro Nacht behilflich sind. Kontakt: Toronto Bed & Breakfast (✉ Box 269, 253 College St, Toronto, ON M5T 1R5 ☎ 416/588-8800) oder Downtown Toronto Association of Bed and Breakfast Guesthouses (✉ P O Box 190, Station B, Toronto ON M5T 2W1 ☎ 416/ 368-1420).

PREISWERTE HOTELS

Studentenheime und Jugendherbergen

Im Sommer gibt es in Studentenheimen preisgünstige Unterkünfte. Neil Wycik (✉ 96 Gerrard St East ☎ 416/977-2320; Fax 977-2809) und Victoria University (✉ 140 Charles St West ☎ 416/585-4524; Fax 585-4530) liegen zentral in Downtown. Eine andere Möglichkeit bietet die University of Toronto in Scarborough (☎ 416/287-7369; Fax 287-7667). In der Jugendherberge in Downtown gibt es das ganze Jahr über komfortable Zimmer plus exzellente Einrichtungen (TV-Lounge, Küche, Wäscherei, Hallenbad, Tennisplätze und Fitneß-Center (✉ 90 Gerrard St West ☎ 416/971-4440; Fax 340-3923).

BOND PLACE
Ein eingeführtes Hotel mittlerer Größe. Restaurant und Lounge.
✚ K8 ✉ 65 Dundas St East ☎ 416/362-6061; Fax 360-6406 Ⓜ Dundas

COMFORT INN
Hotel mit 108 großen Zimmern, TV und Telefon zwei Straßen südlich der Bloor Street. Restaurant im Haus. Für Hotelgäste preisgünstige Benutzung des nahen Gesundheitscenters.
✚ K6 ✉ 15 Charles St East ☎ 416/924-1222; Fax 927-1369 Ⓜ Bloor, Yonge

DAYS INN
Das moderne Hochhaus-Hotel um die Ecke des Maple Leaf Gardens bietet preisgünstige Zimmer, Sportbar, Restaurant und Hallenbad.
✚ K7 ✉ 30 Carlton St ☎ 416/977 6655; Fax 977-0502 Ⓜ College

HOLIDAY INN ON KING
Moderne, gut ausgestattete Zimmer zu vernünftigen Preisen gemessen an der Lage (gegenüber vom Kongreßzentrum). Restaurant-Bar im Keller für Jazz-Fans.
✚ H8 ✉ 370 King St West an der Peter St ☎ 416/599-4000; Fax 599-7394 Ⓜ St Andrew

HOTEL SELBY
Das Midtown-Hotel in einem gemütlichen viktorianischen Gutshof ist ein echter Tip. Die hohen Räume sind individuell ausgestattet und möbliert, alle Zimmer mit TV und Telefon. Münzwaschanlage im Haus, preisgünstige Benutzung des Gesundheitscenters in der Nähe. Entspannte Atmosphäre.
✚ K6 ✉ 592 Sherbourne ☎ 416/921-3142; Fax 923-3177 Ⓜ Sherbourne

HOTEL VICTORIA
Nur 48 (kleine) Zimmer mit Farb-TV, Telefon und Radiowecker, in einigen Kaffeemaschinen und Mini-Kühlschränke. Restaurant und Lounge. Zimmerservice 7–14 Uhr.
✚ K9 ✉ 56 Yonge St ☎ 416/363-1666; Fax 363-7327 Ⓜ King

QUALITY HOTEL
Das 200-Zimmer-Hotel hat moderne Zimmer mit TV und Telefon. Kein Restaurant und andere Einrichtungen.
✚ K8 ✉ 111 Lombard zwischen Adelaide und Richmond ☎ 416/367-5555; Fax 367-3470 Ⓜ King, Queen

STRATHCONA
Gediegene Zimmer mit TV und Telefon zu einem Bruchteil des Zimmerpreises des Royal York gegenüber. Coffeeshop-Restaurant, Sportbar, Zimmerservice 6–19 Uhr.
✚ J9 ✉ 60 York St ☎ 416/363-3321; Fax 363-4679 Ⓜ Union

VENTURE INN, YORKVILLE
Tolle Lage in Yorkville und ein guter Tip wegen der preisgünstigen Zimmer (nur 70, deshalb Reservierungen nötig).
✚ J5 ✉ 89 Avenue Rd ☎ 416/964-1220; Fax 964-8692 Ⓜ Bay, St George

TORONTO
Reiseinformationen

An- & Abreise	*88*
Wichtige Informationen	*89*
Öffentliche Verkehrsmittel	*91*
Medien & Kommunikation	*92*
Notfälle	*93*
Touristeninformation	*93*

REISEINFORMATIONEN

An- & Abreise

Vor der Reise
- Bürger der EU-Staaten benötigen für einen vorübergehenden Aufenthalt in Kanada einen gültigen Paß.
- Wer unter 18 Jahren ist und allein reist, benötigt die Erlaubnis eines Elternteils oder eines Vormunds für die Kanada-Reise, Angabe des Namens und der Aufenthaltsdauer notwendig.

Reisezeit
- Die Winter in Toronto können mit Temperaturen unter Null kalt sein, verstärkt durch die unwirtlichen Winde vom Lake Ontario.
- Der Frühling ist unberechenbar, Eisstürme gibt es manchmal noch Mitte April, doch der Winter ist in der Regel Ende April vorbei.
- Der Sommer ist die beste Reisezeit. Alle Attraktionen auf dem Ontario Place, in Canada's Wonderland und der Fährverkehr zu den Inseln haben dann Hochbetrieb.
- Auch der Herbst eignet sich für eine Toronto-Reise. Es ist noch warm, und die Wälder um Toronto färben sich bunt.

Klima
- Durchschnittstemperaturen: Jan -8° bis 1°C; Feb. -7° bis -1°C; März -2° bis 3°C; April 3° bis 12°C; Mai 9° bis 17°C; Juni 13° bis 23°C; Juli 16° bis 26°C; Aug. 15° bis 25°C; Sept. 12° bis 22°C; Okt. 7° bis 14°C; Nov. 2° bis 7°C; Dez. -5° bis 2°C

Anreise mit dem Flugzeug
- Pearson International Airport liegt ca. 27 km nordwestlich der Stadt, d. h. 30–60 Minuten Fahrtzeit bis Downtown.
- Der Airport verfügt über drei Terminals. Die meisten internationalen Linien fliegen Trillium Terminal 3 an.
- Taxi: 40 bis 45 Dollar nach Downtown, plus Trinkgeld.
- Bus: Der im 20-Minuten-Takt fahrende Airport Express Bus (☎ 905/564-6333 oder 564-3232) bedient sechs Downtown-Hotels.
- Bus oder U-Bahn vom Flughafen nach Islington, York Mills oder Yorkdale nur 4 bis 5 Dollar billiger als der Airport Express Bus.

Anreise mit dem Bus
- Überland- und Regional-Bus-Bahnhof: Metro Coach Terminal, Bay St Nr. 610, Nähe Dundas St.

Anreise mit dem Auto
- US-Autobahnen führen direkt nach Kanada: Von Michigan ist der Übergang Detroit-Windsor (über die I-75 und Ambassador Bridge) oder Port Huron-Sarnia (über die I-94 und Bluewater Bridge). Aus dem Staat New York über die I-90 gibt es drei Übergänge: 1. Buffalo-Fort Erie, 2. Niagara Falls, NY-Niagara Falls, Ont., 3. Niagara Falls, NY-Lewiston. Über die I-81 passieren Sie bei Hill Island die Grenze; Ogdensburg-Johnstown oder Roosevelttown-Cornwall ist der Übergang, wenn Sie über die Nr. 37 kommen. Ab Grenze fahren Sie von Westen über den Queen Elizabeth Way oder Hwy 401, von Osten über Hwy 2 nach Toronto.
- Entfernungen nach Toronto: von Boston 910 km; von Buffalo 154 km; von Chicago 859 km; von New York 796 km.
- Dokumente: Internationaler Führerschein, Fahrzeugpapiere und Bescheinigung über Haftpflichtversicherung.

Anreise mit dem Zug
- Regional- (GO-Züge) und Fern-

Züge (VIA Rail Canada, Amtrak in den USA) kommen in Union Station an, von dort direkter Zugang zur U-Bahn.

Zollbestimmungen

- Gegenstände des persönlichen Reisebedarfs können zollfrei eingeführt werden, darüber hinaus 200 Zigaretten, 50 Zigarren und etwa 900 g Tabak (Reisende über 16 Jahre), 1 Liter Spirituosen oder Wein (Reisende über 19 Jahre), Geschenke bis zu einem Wert von 40 Dollar pro beschenkter Person.
- Die Einfuhr von Waffen ist verboten. Für Jagdwaffen gelten (je nach Art der Waffe und je nach Provinz) unterschiedliche Regelungen und Beschränkungen (vor der Reise erkundigen).

WICHTIGE INFORMATIONEN

Elektrizität

- 110/120 Volt Wechselstrom, 60 Hertz, Adapter erforderlich.

Reiseversicherung

- Schließen Sie eine Versicherung ab, die Unfall, Krankheitskosten, Haftpflicht, Reiserücktritt und -unterbrechung, Abreiseverzögerung, Verlust und Diebstahl abdeckt.
- Mieten Sie ein Auto, müssen Sie eine Unfall-, Kasko-, Haftpflicht-, Diebstahl- und Verlustversicherung haben. Die meisten Kreditkarten-Gesellschaften bieten eine Personen- und Autoversicherung an, Ihre Heimatversicherung deckt meist Verlust und Diebstahl ab, bei Überseereisen ist Haftpflicht meist nicht eingeschlossen.

Geld

- Die meisten Banken haben Geldautomaten (ATMs), die zu Cirrus, Plus oder anderen Netzen gehören; es ist die beste Möglichkeit, Bargeld abzuheben. Prüfen Sie vor der Abreise, ob Ihre PIN-Geheimnummer in Kanada gültig ist und auch, wie oft und wieviel Geld Sie bekommen können. Infos über das Automatennetz: Cirrus weltweit ☎ 800/424-7787 oder Plus ☎ 800/843-7587 (nur in den USA).
- Kreditkarten werden überall akzeptiert, vor allem American Express, Diner's Club, Discover, MasterCard und Visa.
- Travellerschecks werden mit Ausnahme von kleinen Geschäften überall akzeptiert, wenn es sich um kleine Beträge (20 oder 50 Dollar) handelt. Bei Travellerschecks in Dollar sparen Sie Gebühren.

Feiertage

- 1. Januar, Karfreitag, Ostermontag, Victoria Day (3. Montag im Mai), Canada Day (1. Juli), Civic Holiday (1. Montag im Aug.), Labour Day (1. Montag im Sept.), Thanksgiving (2. Montag im Okt.), Remembrance Day (11. Nov.), Christmas Day (25. Dez.) und Boxing Day (26. Dez.).

Öffnungszeiten

- Banken: Allgemein Mo–Do 10–15 und Fr 10–16 Uhr.
- Museen: Unterschiedliche Öffnungszeiten.
- Postämter: Allgemein Mo–Fr 8–15.30 Uhr. Briefmarken und kleinen Postdienst gibt es auch in Drugstores und anderen Geschäften, die außerhalb der Postschalterstunden geöffnet sind.
- Geschäfte: Allgemein Mo–Mi 9.30 oder 10–16 Uhr, Sa–So 10–17 Uhr. Geschäftszeiten am Do oder Fr oft bis 20 oder 21 Uhr.

REISEINFORMATIONEN

Gebetsstätten
- Baptisten: Rosedale Baptist Church ✉ 877 Yonge St ☎ 416/962-0732.
- Episkopalkirche: St James Cathedral ✉ 65 Church St, an der King St ☎ 416/364-7865.
- Jüdisch: Beth Sholom Synagogue ✉ 1445 Eglinton Ave West ☎ 416/783-6103.
- Presbyterianisch: St Andrew's ✉ 75 Simcoe St ☎ 416/593-5600.
- Römisch-Katholisch: St Michael's Cathedral ✉ 200 Church St ☎ 416/364-0234.

Sicherheit
- Toronto ist wesentlich sicherer als die meisten nordamerikanischen Städte; die Kriminalitätsrate ist deutlich niedriger als in anderen Städten vergleichbarer Größenordnung.
- Einige Regionen sollte man besser meiden; das sind der Moss Park in Downtown und Allan Gardens und High Park in der Nacht.

Rauchen
- Seit 1993 ist Rauchen in allen öffentlichen Gebäuden, außer in einigen gekennzeichneten Bereichen, verboten. Seit 1997 besteht in Bars und Restaurants ebenfalls Rauchverbot, es sei denn, es gibt eine speziell belüftbare Raucherecke, die 25 Prozent der Lokalfläche nicht überschreiten darf.

Hinweise für Studenten
- Die International Student Identity Card (ISIC) verhilft zu reduzierten Eintrittspreisen in einigen Museen, Theatern und bei anderen Veranstaltungen.
- Sie sollten immer einen Ausweis mit Foto dabei haben zum Nachweis Ihres Alters, das erspart Probleme in Bars und Klubs, es sei denn, Sie sind überhaupt noch nicht alt genug.
- An unter 25jährige wird nicht gern ein Auto vermietet.

Steuern
- Die Provinz-Steuer (Sales Tax) liegt zwischen 6 und 12 Prozent, zu der noch 7 Prozent kanadische Mehrwertsteuer (Goods an Services Tax, GST) hinzukommen.
- Ausländische Besucher können sich die kanadische Mehrwertsteuer rückvergüten lassen, jedoch nur für reine Unterkunftkosten (eventuell bereits bei Buchung im Heimatland beantragen) und für Gebrauchsgegenstände, die innerhalb von 60 Tagen ausgeführt werden (➤ 71).

Zeit
- Toronto liegt in der Zone der Eastern Standard Time, 5 Stunden hinter der europäischen MEZ. Die Sommerzeit dauert von April bis Ende Oktober.

Trinkgeld
- In Restaurants und Bars gibt man in der Regel 15 Prozent, Taxifahrer oder Friseure erwarten 15 bis 20 Prozent, Hotelpagen pro Gepäckstück 1 Dollar und Hotelparkplatzwächter ebenfalls 1 Dollar.

Toiletten
- Öffentliche Toiletten sind rar. Benutzen Sie die Toiletten in großen Shoppingzentren wie Eaton, Manulife Centre und Holt Renfrew. Bei Bedarf können Sie auch die WCs in Hotel-Lobbies, Bars und Restaurants aufsuchen.

REISEINFORMATIONEN

Behinderte Reisende

- Ein Großteil der Stadt entstand in den letzten 20 Jahren, die meisten Gebäude sind behindertengerecht und mit Aufzügen für Rollstuhlfahrer ausgerüstet.
- Die U-Bahn ist nicht für Behinderte geeignet, aber die Stadt unterhält einen Beförderungservice, Wheel-Trans. Info: ☎ 416/393-4111.
- Sonderparkerlaubnis gibt es für Fahrer mit entsprechender Plakette am Auto oder mit Spezialausweis für Parkverbots-Zonen.
- Weitere Auskünfte: Disabled Information on Community Services ✉ Community Information Centre of Metropolitan Toronto, 425 Adelaide Street West, an der Spadina Ave, Toronto, ON M5V 3C1 ☎ 416/392-0505 ◐ Mo–Fr 7–22 Uhr und Sa–So 10–22 Uhr.

Hinweise für Frauen

- Toronto ist frauenfreundlich und relativ sicher (siehe unter: »Sicherheit«).
- Bücher und Infos: Toronto Women's Bookstore ✉ 73 Harbord Street, an der Spadina Ave ☎ 416/922-8744 ◐ wochentags tägl. ab 10.30 Uhr, So ab 12 Uhr.

ÖFFENTLICHE VERKEHRSMITTEL

U-Bahn und Bus

- Die U-Bahn ist schnell, bequem, sauber und benutzerfreundlich. Es gibt zwei Linien: die Subway Bloor–Danforth und Yonge–University–Spadina. Die Erstere verläuft von West nach Ost von der Kipling Avenue im Westen bis zur Kennedy Road im Osten mit Anschluß an den Scarborough Rapid Transit. Die zweite verbindet Finch Avenue im Norden mit Union Station, um sich dann wieder nach Norden zu wenden über St. George und Spadina und weiter nach Downsview.
- Ab Union Station Verbindung zur Harbourfront mit der Light-Rapid-Transit (LRT)-Linie über Queens Quay und Simcoe Street zur Spadina Avenue; das U-Bahn-Ticket gilt auch in der LRT.
- Das U-Bahn-Netz wird von Straßenbahn- und Bus-Linien ergänzt. Es empfiehlt sich, einen Verbund-Fahrschein an den Automaten am Zugang zu den U-Bahn-Stationen oder bei den Busfahrern zu lösen. Dies ermöglicht eine Weiterfahrt mit der Straßenbahn oder das Umsteigen vom Bus in die U-Bahn, ohne erneut einen Fahrschein kaufen zu müssen.
- Betriebszeiten der U-Bahn: Mo–Fr 6–1.30 Uhr und Sa–So 9–1.30 Uhr. Außerhalb dieser Zeiten: Blue Night Network auf den oberirdischen Hauptstrecken im 30-Minuten-Takt.
- Für die U-Bahn benötigt man einen Chip zu 2 Dollar (Studenten unter 19 und kanadische Senioren: 1 Dollar; Kinder unter 12: 50 Cents), den man in die Ticket-Box oder ins Drehkreuz werfen muß. Günstiger ist der Kauf von 10 Chips zu 16 Dollar (8 Dollar für Studenten und Senioren). Es gibt auch Tages- oder Monatskarten.
- Für Bus und Straßenbahn benötigt man ein Verbund-Ticket, einen Chip oder abgezähltes Bargeld. Haltestellen befinden sich meist an Kreuzungen und sind durch längliche Schilder mit roten Streifen sowie Bus- oder

Straßenbahn-Emblem gekennzeichnet (nicht immer gut zu sehen!). Die Linien sind im Plan Ride Guide verzeichnet.
- Transit-Infos: Ride Guide in U-Bahn-Stationen oder unter ☎ 416/393-4636 (7–22 Uhr).

Taxis

- Taxis können unterwegs angehalten werden, freie Taxis erkennt man am beleuchteten Schild auf dem Dach.
- Alle Taxis müssen die Gebühren anzeigen. Quittungen sind erhältlich.
- Trinkgeld: 15 bis 20 Prozent.

MEDIEN & KOMMUNIKATION

Telefon

- Öffentliche Fernsprecher gibt es überall – meist sogar mit einem Telefonbuch.
- Nummern außerhalb der Bereiche 416 oder 905 haben eine zusätzliche 1 als Vorwahl.
- Öffentliche Telefone sind billiger als Hoteltelefone. Ferngespräche sollte man besser über AT & T, MCI oder Sprint führen und nicht direkt. Nummern und Infos befinden sich meist auf Telefonkarten, wenn nicht, fragen Sie den Operator nach den Nummern für Kanada.

Postämter

- Kundenservice am Postschalter gibt es in Kanada nur noch eingeschränkt; diesen Service haben oft Geschäfte und Drugstores, Shopper's Drug Mart etwa, übernommen. Achten Sie auf das Postzeichen in Schaufenstern.
- Postschalter gibt es auch in großen Einkaufszentren wie Atrium, The Bay ☎ 416/506-0911, Commerce Court ☎ 416/956-7452, Toronto Dominion Centre ☎ 416/360-7105 und First Canadian Place ☎ 416/364-0540.

Zeitungen

- Es gibt drei lokale Tageszeitungen: Die überregionale *Globe & Mail*, den *Toronto Star* und die *Toronto Sun*. Ergänzt wird das Angebot durch den kostenlosen *Eye and Now*, wichtig als Veranstaltungs-Information. Außerdem: Dutzende von Zeitungen mit Nachrichten für die ethnischen Minderheiten in Toronto.

Zeitschriften

- *Toronto Life* ist das wichtigste Monatsmagazin der Stadt. *Where Toronto* liegt meist kostenlos im Hotel aus.

Internationale Zeitungen

- Es gibt mehrere Ladenketten für die internationale Presse. Die bekanntesten sind *Great Canadian News* und *Lichtman's* mit jeweils mehreren Läden, sowie das Maison de la Presse Internationale ✉ 124 Yorkville Ave ☎ 416/928-2328.

Radio

- Einer der wichtigsten Radiosender Kanadas ist CBC Radio mit vielfältigem Programmangebot, seien es die gesprochenen Kultursendungen, klassische oder andere Musik oder die Nachrichten. Kanal: 94.1 FM und 740 AM.
- CHIN auf Kanal 100.7 FM und 1540 AM macht die Hörer mit der multikulturellen Vielfalt der Stadt bekannt und bringt Sendungen in 30 Sprachen.

Fernsehen

- Hotels sind meist an alle Kabelprogramme angeschlossen, darunter CBC und die wichtigsten amerikanischen TV-Sender, PBS, CNN, sowie andere Kabelfernsehsender, das von City tv produzierte MuchMuch Music etwa, das Toronto-Äquivalent von MTV.

NOTFÄLLE

Notrufnummern
- Feuerwehr und Krankenwagen ☎ 911
- U-Bahn-Polizei ✉ 40 College St ☎ 416/324-2222
- Sexueller Mißbrauch ☎ 416/597-8808
- Überfall ☎ 416/863-0511

Botschaften und Konsulate
- Alle Botschaften befinden sich in der kanadischen Hauptstadt Ottawa.
- Deutschland ✉ 1 Waverly Street ☎ 613/232-1101
- Österreich ✉ 445 Wilbrod Street ☎ 613/789 14 44
- Schweiz ✉ 5 Marlborough Ave ☎ 613/235-1837

Fundbüros
- Fundsachen aus Bus, Straßenbahn, U-Bahn: TTC Lost Articles Office ✉ Bay Street U-Bahn-Station ☎ 416/393-4100 ◷ Mo–Fr 8–17.30 Uhr.
- Verlust von Kreditkarten oder Travellerschecks: Verlustmeldung bei der jeweiligen Gesellschaft und bei der Polizei. Wichtige Telefonnummern internationaler Kreditkarten-Gesellschaften: American Express ☎ 910/333-3211 (Sammelruf); Diner's Club ☎ 1/800/ 234-6377; MasterCard ☎ 1/800/ 826-2181; Visa ☎ 1/800/336-8472.

Medizinische Versorgung
- 24-Stunden-Ambulanz im Toronto General Hospital ☎ 416/ 340-3948. Der Haupteingang befindet sich in der Elizabeth St Nr. 200, ein Nebeneingang in der Gerrard St West Nr. 150.
- Brauchen Sie einen Arzt, wenden Sie sich an die Hotelrezeption oder an das College of Physicians and Surgeons ✉ 80 College St ☎ 416/961-1711 ◷ 9–17 Uhr.
- Zahnärztlicher Notfalldienst: Royal College of Dental Surgeons ☎ 416/961-6555

Medikamente
- Ersatzrezept für den Fall des Verlusts Ihres Medikaments empfohlen, evtl. auch als Nachweis notwendig für den Zoll.
- Shopper's Drug Mart ✉ 360 Bloor St West Ecke Spadina Ave hat tägl. bis 24 Uhr geöffnet. Info über Nachtapothekendienst in Ihrer Nähe: ☎ 800/363-1040. Pharma Plus ✉ 68 Wellesley St an der Church ☎ 416/924-7760 auch bis Mitternacht geöffnet

TOURISTENINFORMATION

- Info vor Ihrer Abreise im Heimatland: ✉ Kanada Tourismusprogramm, Postfach 200247, D-63469 Maintal, Fax: 06181/497558
- Canadian Tourist Office USA: ✉ Consulate General, 1251 Avenue of the Americas, New York ☎ 212/596-1600. Kanadisches Konsulat oder Botschaft
- Tourism Toronto, ✉ 207 Queens Quay West, suite 590, im Queens Quay Terminal ☎ 416/203-2500 oder 800/363-1990 ◷ (Sommer) Mo–Do 8.30–20 Uhr, Fr 8.30–17 Uhr, Sa 9–17 Uhr, So 9.30–17 Uhr; (Winter) Mo–Fr 8.30–17 Uhr. Das Touristen-Infocenter im Eaton Centre ist tägl. geöffnet.
- Infos über die Provinz Ontario: Ontario Travel ✉ Queen's Park, Toronto ON M7A 2R9 ☎ 416/314-0944 oder 800/ONTARIO.

Register

A
African Lion Safari 57
Algonquin Island 12, 45
Allan Gardens 56
Annex 50
Antiquitäten 71
Anreise nach Toronto 88-89
Archer 43, 59
Art Gallery of Ontario 37, 60, 77
Apotheken 93
Ausflüge 20-21
Autobahnen 88

B
Babe Ruth 55
Ballett 78
Banken 89
Bars 83
Baseball 55
Basketball 55
Bata Shoe Museum 32, 52
Bau-Xi 58
Bay of Spirits Gallery 58
BCE Building 52
Behinderte Reisende 91
Beverley, John 12
Black Creek Pioneer Village 27
Blues 81
Botschaften und Konsulate 93
Bootsausflüge 19
Buchläden 73
Bustouren 19
Busse 91
Busse, Fern- 88

C
Cabbagetown 50
Cafés 67
Campbell House 53
Canada's Wonderland 26
Canadian Imperial Bank of Commerce 16
Casa Loma 30, 53
CBC Building 19, 60
Centre Island 45
Centreville 45
Challenge (Schoner) 19
Chinatown 50, 60, 69
CHUM/City tv 19, 60
City Hall 43
CN Tower 36
Colborne Lodge 53
Comedy 80
Cybercafé 82

D
Danforth 18, 51
Delikatessen 75
Dinner Theatre 80
Don Valley 14
Downtown 14, 16
Drabinksy & Friedland 58
Drabinsky, Garth 7

E
Eaton Centre 52, 70
Eaton, Timothy 70
Edwards Gardens 56
Einkaufen 70-77, 89
Einkaufsviertel 70
Eishockey 55
Eislaufen 55
Elektrizität 89
Eskimo Art Gallery 58
Exchange Tower 16

F
Fahrradtouren 19
Family Compact 12, 38
Feheley Fine Arts 58
Feiertage 89
Festivals und Vernastaltungen 22
Fort York 29
Frauen 91
Fremdenverkehrsbüros 93
Frühstückspensionen 85
Führungen 19
Fundbüros 93

G
Galerien 58
Gallery One 58
Gebetsstätten 90
Geld 89
Geldautomaten (ATMs) 89
George R Gardiner Museum of Ceramic Art 40, 77
Geschichte 10-12
Glen Stewart Ravine 56
Golf 55
Gould, Glenn 6, 54
The Grange 38
Gooderham Building 59
Gratisattraktionen 60
Greektown 18, 51
Group of Seven 12, 25, 37
GST (Mehrwertsteuer) 71, 90
Guild Inn 59

H
Hanlan's Point 45
Hafenrundfahrten 19
Harbourfront 42, 57, 60
Harbourfront Antiques Market 34
Hart House 33, 54
Helikoptertouren 19
Henry Moore Sculpture Centre 37
High Park 56
Historische Gebäude 53
Hockey Hall of Fame 44
Herbergen 86
Hotels 84-86
Haushaltswaren 75

I
Inuit-Kunst 25, 37, 58
Isaacs/Inuit Gallery 58

J
Jane Corkin 58
Jarvis, William 12, 54
John Quay 42
Jordan 21
Justina M Barnicke Art Gallery 33, 54

K
Kajakfahren 55
Kanufahren 55
Kaufhäuser 70
Kensington Market 31
Kinder, Attraktionen für 57
Kino 80
Kitchener-Waterloo 20
Klassische Musik 78
Kleidung 76
Klima 88
Klubs 82
Kommunikation 92
Kortwright Centre for Conservation 56
Kostenlose Attraktionen 60
Kreditkarten 89, 93
Kultur-Führungen 19
Kunst im Freien 59
Kunsthandwerk und Schmuck 72

L
Lacross 55
Lebensmittel 75
Lennox, E J 53
Lillian Malcove Medieval Collection 54
Little Italy 18, 51

REGISTER

M
Mackenzie House 53
Mackenzie, William Lyon 12, 53, 54
Marine Museum 54
Märkte 31, 34, 46
Massey College 52
McMichael Collection 25
Medien 92
medizinische Versorgung 93
Medikamente 93
Mehrwertsteuer (GST) 71, 90
Metro Hall 59
Metro Zoo 48
Metropolitan Library 52
Midtown 15, 17
Mietwagen 89
Milk International Children's Festival 57
Mira Godard 58
Mirvish, Ed 8
Modeläden 74, 76
moderne Gebäude 52
Moore, Henry 37, 43, 59
Moriyama, Raymond 52
Mount Pleasant Cemetery 54
Museumsläden 77
Museen 54

N
Nancy Poole's Studio 58
Necropolis 54
Ned Hanlan 54
Niagarafälle 20-21
Niagara-on-the-Lake 21
Niagara Parks Butterfly Conservatory 21
Notfälle 93
Notrufnummern 93

O
Old City Hall 53
Omnimax Theatre 47
Ontario Parliament Buildings 41
Ontario Place 28
Ontario Science Centre 47, 52, 60
Öffentliche Verkehrsmittel 91-92
Öffnungszeiten 89
Osgoode Hall 53

P
Parks und Gärten 56

Pässe 88
Pasture 59
Pellatt, Sir Henry 30
Picknick 75
Playdium 57
Polizei 93
Pop-Geschichte 82
Postämter 89, 92
Präsente 77
Princess of Wales Theatre 59, 79

Q
Queen Street West 18, 51, 60, 70
Queen's Park 56
Queens Quay 42, 70

R
Radfahren 55
Radio und Fernsehen 92
Rauchen 90
Reiseschecks 89
Restaurants 62-69
Restaurants am Seeufer 64
Restaurants, internationale 68-69
Riverdale Farm 57
Rock, Reggae, Jazz und Blues 81
Rosedale 51
Roy Thomson Hall 52
Royal Bank Plaza 52
Royal Botanical Gardens 24
Royal Ontario Museum 39, 60, 77

S
Saison 88
Segeln 42, 55
Sicherheit 90, 91
St James Cathedral 54
St Lawrence Market 46
St Mary's 20
Schwimmbäder 82
Shakespeare 20
Shaw Festival 21
Sky Dome Stadium 35, 59
Spadina House 53
Spaziergänge 16-18
Splashworks 26
Sport 55
Stadtviertel 50-51, 60
Strände 50, 60
Stratford 20
Stratford Theatre Festival 20
Straßenbahnen 60, 91

Streifzüge am Abend 18
Steuern 71, 90
Studenten, Hinweise für 90

T
Tagestouren 14-15
Tanz 78-79
Taxis 92
Telefon 92
Textilien, Museum für 54, 77
Theater 79
Theaterführungen 19
Trinkgeld 90
Toiletten 90
Tommy Thompson Park 56
Toronto Dominion Centre 16
Toronto Islands 12, 45, 60
Toronto Stock Exchange 60

U
U-Bahn 91
U-Bahn-Netz 51
University of Toronto 33
University of Toronto Art Centre 54
Unterhaltung 78-83

V
Versicherungen 89
Visa 88

W
Wanderungen 19, 60
Wandmalereien 43, 59
Ward's Island 12, 45
Welland Canal 21
Wildwater Kingdom 57
Wein 65

Y
York Quay 42
Yorkville 17, 51, 70
Young People's Theatre 57

Z
Zahnärzte 93
Zeitungen 76, 92
Zeitunterschied 90
Zoos und Wildparks 48, 57
Zollbestimmungen 89
Züge 89

Viva Twin
Toronto

Autorin	Marilyn Wood

© The Automobile Association 1997

Karten der Umschlagseiten	© The Automobile Association 1997
Stadtplan-Kartographie	© GeoData GmbH & Co. KG
Deutsche Ausgabe	© RV Reise- und Verkehrsverlag in der Falk-Verlag AG, München 1997

Alle Rechte vorbehalten. Reproduktionen, Speicherung in Datenverarbeitungsanlagen oder Netzwerken, Wiedergabe auf elektronischen, fotomechanischen oder ähnlichen Wegen, Funk oder Vortrag – auch auszugsweise – nur mit ausdrücklicher Genehmigung des Copyrightinhabers.

Übersetzung	Dr. Dagmar Ahrens-Thiele für GAIA Text, München
Redaktion	Karl-Heinz Schuster, Falk-Verlag AG, München
Koordination	Falk-Verlag AG, München
Satz und Produktion	GAIA Text, München
Lithographie	Daylight Colours Art Pte Ltd, Singapur
Druck und Verarbeitung	Dai Nippon Printing Co. (Hongkong) Ltd

Printed in Hongkong

Vertrieb	GeoCenter Verlagsvertrieb GmbH, München

ISBN 3-89480-205-7

Für Hinweise, Verbesserungsvorschläge und Korrekturen ist der Verlag dankbar.
Bitte richten Sie Ihr Schreiben an:
Falk-Verlag AG
Buchredaktion
Neumarkter Straße 43
81673 München

Bildnachweis

Der Verlag bedankt sich für die Mithilfe bei der Vorbereitung dieses Buches bei: Black Creek Pioneer Village 27a (K Bray), 27b; Comstock 31a (Malak), 31b (K Sommerer), 43a (E Otto), 43b (F Grant), 46 (E Otto), 56 (E Otto); Harbourfront Antique Market, Toronto, 34a, 34b; Larter Associates Inc. 45b Centreville; McMichael Canadian Art Collection 25, a detail from The Red Maple 1914 by A Y Jackson 1882-1974, gift of Mr S Walter Stewart 1968.8.18; Toronto Metro Zoo 48; Ontario Science Centre 47a; Paramount Canada's Wonderland 23b, 26a, 26b; Pictures Colour Library 18, 28a; Royal Botanical Gardens, Ontario 24; Spectrum Colour Library 42a; Zefa Pictures Ltd 19a, 28b, 45a, 50b, 52, 54b, 59, 60. Alle übrigen Fotos sind von Jon Davison gemacht und befinden sich im Besitz der AA Photo Library mit Ausnahme von: Jeff Beazley 30a, 49b, 50a, 53b, 54a, 61a und Jean-François Pin 5a, 5b, 6/7, 8, 12, 13a, 20, 21a, 35a, 37, 49a, 55, 57.
Umschlag: ImageBank; Superbild; Rückseite: Stock Food, Superbild, Tony Stone.

REIHENREDAKTION *Audrey Horne*
DOKUMENTATION *Giselle Rothwell* REGISTER: *Marie Lorimer*

Bisher veröffentlichte Titel dieser Reihe

Amsterdam • Atlanta • Bangkok • Barcelona • Berlin • Boston • Brüssel & Brügge • Chicago • Florenz • Hongkong • Istanbul • Lissabon • London • Los Angeles • Madrid • Miami • Montréal • Moskau • München • New York • Paris • Prag • Rom • San Francisco • Singapur • Sydney • Tokyo • Venedig Washington • Wien